Gerard Reve

Op Weg Naar Het Einde

2023
DE BEZIGE BIJ
AMSTERDAM

Copyright © 2015 Erven Gerard Reve
Eerste druk 1963
Achtentwintigste druk 2023
Omslagontwerp Moker Ontwerp
Vormgeving binnenwerk Perfect Service
Druk en bindwerk CPI Books GmbH, Leck
ISBN 978 90 234 9717 2
NUR 301

Brief Uit Edinburgh

Wat zegt u daarvan? Een mens hoort er van op:
Opgehouden met roken, ben ik, acht en dertig jaar oud,
Begonnen gedichten te schrijven.
Zuipen en de rest net als vroeger.

Hoek van Holland, donderdag 16 augustus 1962. Enige uren geleden heb ik mij uit Amsterdam op reis begeven met bestemming de Schotse hoofdstad Edinburgh, waar, van 20 tot en met 24 augustus, ter gelegenheid van het Edinburgh Festival, een *International Writers Conference* zal worden gehouden, tot deelneming waaraan ik ben uitgenodigd. Aldus bevind ik mij in de eersteklas lounge van de nachtboot naar Harwich, de *Duke of York*, die kort voor middernacht, over ongeveer een uur, zal vertrekken, (Lounges op schepen zijn, hoe kostbaar ook het gebezigde materiaal moge zijn – wat hier niet het geval is – altijd even lelijk. Wie gelooft dat het einde der tijden op handen is, moet zijn geloof wel in dit soort interieur bevestigd zien, welks stijl niet meer wezenlijk vergelijkbaar schijnt met enige vroegere stijl uit de geschiedenis.) Eersteklas overtocht was niet mijn wens, maar mijn te late reservering liet mij geen andere mogelijkheid over. Zoals u bekend zal zijn, is eersteklas reizen duurder, maar meestal ook aangenamer, omdat de toegemeten ruimte per persoon royaler, en het comfort beter is. Om de mensen echter hoeft u het beslist niet te doen: zo men in de tweede klasse wellicht nog enkele fatsoenlijke, godvrezende mensen zou kunnen aantreffen, in de eerste klasse is het werkelijk allemaal schorum. Het afgelopen half uur heb ik van walging mijn ogen bijna geen moment kunnen afhouden van twee, aan hetzelfde tafeltje gezeten, inkopers of assistent-hoerenlopers, de één met een bek als een apenreet, de ander met een gezicht dat zowel vreeswekkend is door zijn anonimiteit als deerniswekkend door de pogingen van de eigenaar, er gevoelens en gedachten op tot uitdrukking te brengen die hij niet bezit. Met brede gebaren, peinzend gewrijf over het gezicht en noodlottorsende blikken door de lounge worden luide verklaringen voorbereid als 'I do think you're right there' of 'Ah, well, there you are'. Hoewel ze vijf stappen van de bar zitten, moeten ze, als mannen van de wereld, aan hun tafeltje bediend worden, waarbij beiden tegenover de kellner een welwillende, zij het lijdende houding aannemen.

Intussen is, terwijl we nog niet eens vertrokken zijn, de plee om de hoek al volgekotst en grondig verstopt. Het is, als altijd op een schip, veel te warm, en de lucht van minerale olie en opgewarmde gebakken vis, gemengde wierook der maritieme zwaarmoedigheid, maakt mijn stemming niet joliger. Het montere tweetal gaat, misschien wegens mijn voortdurend geloer, verder weg zitten en plaatst zich vlak voor een zeer knap gelijkend, elektriek gevoed, imitatie kolenvuur. (Door welks aanblik ik mij opeens herinner dat ik jaren geleden, in een hotel in Bremen, snachts op de overloop, op een guéridon, in een vaas, een bos rozen met lampjes erin heb gezien – niet van het gewone, vulgaire soort zoals men ze op de Nieuwendijk kan kopen, maar elke roos verschillend wat betreft de dichtheid van de kelk, elke roos om zo te zeggen een individu.)

6

Inmiddels wordt mijn bewering over de eersteklasse reizigers aangevochten: een jongen van omtrent zeventien jaar, in verschoten blauwe lifterskleding, komt de lounge binnen, blijft enige tijd zitten, eet een appel, en spreekt zijn reisgezel die even lelijk is als hij hartverscheurend mooi, in een stoterige, hese woordenstroom toe, die mij dwingt om sneller en dieper adem te halen. Hij wijzigt gelukkig niets aan zijn kleding, noch doet hij iets aan zijn haar, dat regen en wind op volmaakte wijze boven zijn grijze ogen hebben gearrangeerd. Mijn droomprins gaat achterover liggen op een van de zwart lederen zitbanken, en dit is het ogenblik waarop de kellner moet ingrijpen: heeft meneer een hut? Neen. Reist hij eersteklas? Neen. Dan mag hij hier alleen blijven als hij zestien shilling suppletie betaalt, en voor nog enige shillings meer kan hij een bed huren. Het tweede bed in mijn hut is onbezet. Een dagdroom suist door mij heen, een avonddroom, een zeedroom. Maar hoe moet ik hem door al die gangen krijgen, waar bij iedere kruising weer een andere zieke penguin op wacht zit achter een met kaartjes, volgnummers en sleutels belegd tafeltje? De jongen grijnst brutaal, verdwijnt met zijn reisgezel, en ik ga nu maar naar bed. Niet mijn, maar uw wil geschiede. Zo vaak ik een hut op een schip met een ander gedeeld heb, is het trouwens altijd een jongeman geweest van weliswaar nog een eind onder de dertig, maar met reeds een dik en uitdrukkingsloos gezicht, een lijkwitte huid onder twee lagen ondergoed, een zeer slecht figuur, een nare zeeplucht, en een das met stippeltjes – generlei herkomst, noch enig doel bezittend, en geen enkele opmerking of mededeling van mij begrijpend, zodat ik tenslotte meer en meer neig naar de overtuiging dat het doden zijn geweest, door wraakzuchtige landgoden veroordeeld om in eeuwigheid des nachts over de zeeën te varen. Men kan beter een hut alleen hebben, dan deze met zulke onheildragers te delen.

Het schip begint te trillen. Ik grendel de deur, kruip onder de dekens en probeer een opstandige gedachte te verdrijven, zonder echter te kunnen beletten dat ik hem hardop uitspreek. Het schip vaart nu. 'Als u de mensheid hebt verlost, waarom dan mij niet – dat was toch in één moeite door gegaan?'

Op weg naar het Noorden, zaterdag 18 augustus. Na gistermorgen in Stowmarket, op ongeveer een uur reizen van Harwich, door Tony G. met de automobiel van het station te zijn afgehaald en naar Felsham te zijn gereden, en aldaar bij hem en mijn kunstbroeder Angus W. te hebben overnacht, zijn we hedenmorgen gedrieën in de auto naar het noorden vertrokken. Thans, tegen het einde van de middag, hebben we ongeveer driekwart van de route afgelegd. Een ontzaglijke wolkbreuk kort na ons vertrek dwong Tony gedurende een half uur, wegens het verminderde zicht, langzaam te rijden, maar daarna zijn wij onder een opgeklaarde hemel en met een snelheid die zelden onder de 140 kilometer per uur zakte, aan één stuk voortgesuisd. De stemming is zeer goed, wat zich uit in een slappe lach die ons al sedert de vroege ochtend in zijn greep houdt. De mop bijvoorbeeld van de *Chinaman in the train*, bescheiden in zijn pointe als hij mag zijn, doet ons, telkens wanneer een van ons er aan refereert, in een ademloos gegier uitbarsten, dat mij een uur lang spierpijn bezorgt. Ziehier de simpele geschiedenis, opdat men over de grappigheid zelve oordele: Chinaman zit dus in de trein. Kellner komt een paar maal door de loopgang, schuift telkens de coupédeur open en roept dan: 'You for coffee!... You for coffee!...' Waarop tenslotte *Chinaman* razend wordt en terugroept: 'Me no fuckoffee! Me first class ticket! You fuckoffee!'

Verder ontwikkelen wij onderweg een aantal wat ik zou willen noemen *Vertellingen Uit Het Dierenrijk*, zeer anthropomorphe *Sketches From The Animal Kingdom*, waarop W. en ik beiden dol zijn: het leven van alle dag, dat onze gevederde zowel als viervoetige vrienden in het woud leiden, verteld, toegelicht en, gelijk het histories materialisme door Herman Gorter, eveneens voor arbeiders verklaard. Vooral Doctor Owl wordt door W. minstens even goed vertolkt als voor de Nederlandse radio Paulus de Boskabouter door diens auteur. Ontucht van Doctor Owl met jonge patiëntjes is aan de orde van de dag, terwijl hij voorts een ware hartstocht koestert zowel voor ophtalmotomie als voor euthanasie. Wij zijn dus, om met mijn moeder, zij ruste onder de Vleugels van de almachtige, te spreken, 'goed te pas' en vooral W. is in een betere stemming dan gisteren, toen ik hem zeer nerveus, met een van spanning dik geworden gezicht aantrof: hij had bepaald werk nog voor zijn vertrek gereed en ingeleverd willen hebben, en dat is hem niet, of maar gebrekkig, gelukt. Je met romanschrijven, literaire kritiek of met wat dan ook voor werk van de pen bezighouden is in het Verenigd Koninkrijk, en zeker als men een schrijver van enige naam is, helemaal geen gekkenwerk, zoals in Nederland: W. bespreekt wekelijks wat hij de moeite waard heeft gevonden van het T.V.-programma (hij kan kijken, of niet kijken, naar wat hij wil) in een rubriekje in een blad dat de merkwaardige naam *The Queen* draagt. Liever tweehonderd dan driehonderd woorden, zo kort mogelijk dus, maar ongeacht de lengte krijgt hij er ƒ 410,– (*vierhonderd en tien gulden*) voor. Een recensie van minder dan een kolom in *The Observer*: ƒ 480,– , etc. En dat terwijl in Nederland de auteur bij medewerking aan pers of radio misschien f 1,62 per uur krijgt, of in ieder geval de helft van wat een geschoold arbeider verdient. Ik moet me, nog geen week na een delirium, maar liever niet kwaad maken, maar het is toch Gode geklaagd dat het Nederlandse ministerie van onderwijs, kunsten en wetenschappen, dat bij monde van een van zijn hoogste functionarissen mij uitdrukkelijk schrijft dat het 'van belang is dat Nederlandse schrijvers aan deze conferentie deelnemen' mij in dezelfde brief een vergoeding in het vooruitzicht stelt van f 300,– reis-, plus f 250,– verblijfkosten, zonderling aandoend als men bedenkt dat de reis, per trein en boot, en dan nog zonder eten onderweg, al bijna driehonderd gulden kost. Men zal dus negen dagen moeten eten en zeven dagen moeten slapen van 250 gulden, en zulks in een land dat veel duurder is dan het onze, en in een stad die wegens het Festival natuurlijk stampvol is. En zou men eigenlijk, als cultureel vertegenwoordiger van zijn land, niet voor een salaris in aanmerking moeten komen? Gaan soms niet, gedurende de minimaal negen dagen dat ik van huis ben, mijn huur en vaste lasten gewoon door, nog afgezien van mijn derving van inkomsten, als ik bijvoorbeeld de toneelvertaling in aanmerking neem, die ik wegens mijn deelname aan het congres door tijdgebrek heb moeten weigeren? Maar ja, men gaat er gemakshalve van uit, dat de schrijver toch nooit op reis kan omdat hij nooit een cent heeft, en dat men hem kan laten zingen en dansen wanneer het maar de magistraat behaagt. Zo is het helaas ook, en ik vraag me af, te oordelen naar wat ik op de vele nutteloze vergaderingen van de Vereniging van Letterkundigen heb horen zeggen, of de Nederlandse schrijver eigenlijk wel beter verdient: zo lang hij zich boven de machinebankwerker en de loodgieter verheven voelt, en zich niet in een bij het N.V.V.

aangesloten vakbond wil verenigen om zijn economiese belangen te verdedigen, komen de trappen die hij uit alle richtingen ontvangt hem dubbel en dwars toe.

Tegen de middag voert onze tocht ons door een gebied dat men aanduidt als *The North*, het troosteloze, deels uitgeputte mijngebied dat nog net ten zuiden van de Schotse grens ligt en dat, in zijn uiterlijke verschijning, hoe welvarend de bevolking thans ook moge zijn, nog steeds een aanklacht is tegen het negentiende-eeuwse kapitalisme. Het meest doet het mij nog denken aan de Twentse industriesteden, vijf en twintig jaar geleden, maar dan met nog veel slechter gebouwde, veel lelijker en veel zwaarder beroete huizen, en met nog veel lelijker mensen. Dit is de streek waar, in de crisisjaren, meer dan negentig procent van de mijnwerkers en van de arbeiders in de metaalindustrie werkloos waren en waarvandaan, in het midden van de dertiger jaren, de befaamde hongermarsen naar Londen zijn gehouden, W. vertelt me dat dit ook de tijd was waarin de grote warenhuizen in Londen op een bepaalde dag in de week zoveel oud geworden cake en gebak voor één sixpence verkochten als de koper zelf kon meenemen, die dan ook, met duizenden anderen, voorzien van een reusachtige koffer, tas, of zak, reeds uren voor openingstijd in de rij ging staan; wat de vader van W. weer de opmerking ontlokte dat men op die manier het werkvolk, dat in het algemeen toch al te lui was om een slag uit te voeren ('The trouble with the working classes is that they simply don't want to work'), aan algehele degeneratie prijsgaf. Een figuur, die vader, die iemand het bloed naar het hoofd moet hebben doen stijgen, maar toch niet geheel zonder charme moet zijn geweest. Reeds jong in het bezit van een bom geld gekomen, hield hij zich vrijwel uitsluitend bezig met paardenrennen en tennis, in welke laatste sport hij een belangrijke figuur werd, zodat hij jaren lang zelfs in internationale wedstrijden uitkwam. Zijn oordeel over andere landen en culturen hield nauw verband met de bediening in hotels en met de kwaliteit van het menu in restaurants. Zijn oordeel over Warschau, Praag en Boedapest luidde gunstig, want in elk van deze steden had de uitnodigende sportorganisatie hem prima diners aangeboden, en hem bovendien een album met mooie meisjes laten voorleggen, waaruit hij voor de nacht een keuze mocht doen. In de *Low Countries* daarentegen (enige differentiatie van dit gebied, in bijvoorbeeld twee onafhankelijke koninkrijken, ignoreerde hij altijd met grote hardnekkigheid), bij zijn verblijf in Brussel, was het eten vrijwel lauw geweest en was de organisatie in gebreke gebleven, hem een album als bovengenoemd te doen voorleggen, maar had hem, inplaats daarvan, getrakteerd op een avondje uit naar een nachtgelegenheid waar op een toneel een vrouw door een hond werd gedekt. Aldus deugden de lage landen in het geheel niet, en het ontbreken van enigerlei cultuur bij hun bewoners was evident. 'They aren't a proper race, you see,' luidde zijn allerbeknoptst geformuleerde oordeel.

Na elke stad wordt het landschap woester en romantieser, met steeds steiler glooiingen van de mosgroene, reusachtige heuvels en steeds groter wordende kudden gekrulhoornde, zwartkoppige schapen, die op evenzovele sprookjes- of kinderstripfiguren lijken. Hoogwaardig natuurgenot voor de toerist, maar wurgende verveling voor wie veroordeeld is zijn leven hier te slijten – dat geldt, behalve voor Schotland, ook voor platteland en stad van Noord-Engeland.

The ... Hotel, zondagmorgen 19 augustus. Het hotel vlak bij de grens van Schotland, waarin wij gistermiddag tegen de avond onze intrek genomen hebben en dat wij straks, om een uur of half twaalf, voor de tweede en laatste etappe zullen verlaten, is een bruin-gepaneelde zelfmoordtempel. Het is gevestigd in een ongeveer honderd jaar geleden gebouwd imitatie zestiende-eeuws kasteel, met borstweringen, poorten, schietgaten en alles wat verder maar bij een kasteel behoort. Het geheel is bepaald niet op een koopje neergezet, want na een eeuw is er nog nergens het geringste spoor van bouwvalligheid aan te wijzen. Als een specimen van met volstrekte overgave en integriteit geschapen kitsch is het hard op weg, althans van buiten, een betoverende schoonheid te verwerven. Dit geldt niet voor de twee weduwen of gescheiden vrouwen die het drijven, al zijn ze even kitscherig. Aan het glimlachen komt geen eind, en de oudste van de twee, vermoedelijk de eigenares, spreekt met een zelfs voor mij, die weinig inzicht heb in dialecten, uiterst bekakt accent dat doet denken aan dat van Nederlandse villabewoners die *Elsevier* lezen, een open haard hebben laten aanleggen, en nochtans het geluk niet deelachtig kunnen worden: de haard wil maar niet trekken en de kinderen lijden aan onverklaarbare braakaanvallen en huilbuien, nachtangst, en worden bovendien bezocht door een zich met de snelheid van schimmel bij warm weer over hun lichaampjes verbreidende uitslag. Ik heb geen Christuskoppen 'gladharig naar de zoldring' zien turen, maar dat het personeel hier een doornenkroon draagt, lijkt mij boven elke twijfel verheven. Wie even in de lounge vertoeft, en de gepensioneerde cricketspelers, debiele forelvissers en ander crapuul in de crapauds ziet zitten, wordt overweldigd door deernis niet slechts voor het mensdom en de ganse schepping, maar ook nog voor

13

God zelf. (W. zegt dat het hem ietwat doet denken aan een mental home waar hij, kort na zijn zenuwinstorting in 1943, heen werd gebracht maar waar hij, toen hij de uitgelaten kreten hoorde en verwrongen gelaatstrekken zag van enige ping-pong spelende kolonels, terstond weigerde te blijven.) Na al deze overwegingen is het curieus, dat de bediening heel redelijk blijkt. Maar mijn kamer had geen wastafel of zelfs maar fontein, zodat ik des nachts uit het raam op het platte dak moest klimmen om aan de rand daarvan, tussen twee kantelen door, mijn water op het gazon in de diepte te storten. Bovendien leverde een of andere poel in de buurt, of misschien wel de vijver voor de ingang, een aanzienlijk aantal gemene muggen op, te klein om met sukses te worden nagezeten, maar daarom niet minder gemeen bijtend. (Door al het gewoel is mijn door Wim in het deliriumgevecht doormidden gebeten oor, bijna geheeld, vannacht opnieuw gespleten, zodat ik nogal wat bloed op de sloop heb achtergelaten.) Het leven is een kruisdraging.

Nu ik het daar toch over heb: zojuist ben ik naar de mis in de kleine rooms-katolieke kerk van dit vlek geweest, waarvan ik de naam niet weet. (Het is een beetje gek om speciaal naar beneden te gaan om die te vragen.) Hoofdzaak is, dat het kerkje een monstruositeit is, van buiten in gruwelijke pasteltinten afgepleisterd. Ook het interieur bevestigt mijn overtuiging, dat aan Rome, meer dan aan welk ander lichaam of instituut, de gave van het verzinnen van vloekende kleuren is toebedeeld. Zelden heb ik een priester zoals de horrel-, groot- en platvoet hier, zien rondspringen in een clownspak van zulk vuil geel en zo gemeen groen, om van het purper van de misdienaartjes maar te zwijgen. De ronde, onbedrukte en ongegomde postzegels waarin God zich, als alles goed gaat, ter nutti-

ging zal manifesteren, worden bewaard in een ongeloof-
lijke constructie, een soort wieg van Humptie Dumptie
(misschien wel verwant aan de voorgeschreven Kooi van
Faraday volgens Nicolaas Kroese) waarvóór iemand, een
kwestie van aankleden, een petticoat van flessengroene
kaasdoek heeft gedrapeerd. Ik heb gehoord dat er in Amsterdam een tentoonstelling van lelijke gebruiksvoorwerpen wordt voorbereid. Ik vraag mij af, of men ooit een
tentoonstelling van lelijke *religieuze* gebruiksvoorwerpen
zou kunnen houden, waarop niet de Rooms-Katolieke
Kerk zowel de eerste, tweede en derde prijs, alsook de lof
wegens afzichtelijkheid van de jury zou wegdragen. En
dan dacht ik nog wel dat ik, met het aanschouwen van de
wandschilderingen in de kapel van Maria ter Nood te Hei-
loo, het ergste gezien had.

(Lam Gods, dat de zonden der wereld wegneemt, ont-
ferm u over ons.)

Edinburgh, zondagmiddag. De tocht door een aantal
Schotse steden had ons al een indruk kunnen geven van
wat ons hier te wachten zou staan: geen café, geen restaurant open, want het is zondag. Als men kans zag ook de
hotels op zondag te sluiten, en de gasten vier en twintig
uur lang op straat te zetten, dan zou men het waarschijnlijk doen ook. Omdat dit niet kan, zijn de hotels open en
daarmee ook hun lounges en hun bars. Dit wil nu ook
weer niet zeggen dat deze de hele dag, en voor iedereen,
toegankelijk zouden zijn. Neen, men kan er iets drinken
tussen twaalf en drie uur, maar alleen als men van elders
komt en zich in een boek inschrijft als een *bona fide travel-
ler.* Zo noemt dus iedereen zich die binnenkomt. Ik weet
het wel: heel wat scotofielen en anglofielen vinden dit
soort dingen 'curieus' en 'aardig'. Ik vind er niets aardigs

aan. Ik vind het alleen maar lullig, zoals ik me in Engeland ook erger aan de houding als van gniffelende, ondeugende schooljongens, die de meeste Engelsen ten aanzien van de seksuele moraal aannemen. Ik vind dat de mens geschapen is om tot volle wasdom te geraken, en niet om zijn leven lang een stoute jongen te blijven. Enfin, dit is dan de eerste bron van werkelijke ergernis, getemperd door de aanblik van Edinburgh, dat ik mij nog goed van tien jaar geleden herinner, en dat onbetwist een van de mooiste steden van Europa genoemd mag worden.

Ik heb geen enkel papier, programma of boekje betreffende de International Writers Conference, maar W. meent te weten in welk hotel voor mij is gereserveerd. Zijn gegevens blijken te kloppen: inderdaad is er in een hotel in Minto Street, waar wij informeren, op mijn naam een kamer geboekt. Een keurig hotel, zo te zien, en een nette kamer met twee bedden, vele kasten, en een moderne, stalen gootsteen annex aanrecht, zodat ik gerieflijk mijn overhemden, sokken en ondergoed zal kunnen wassen. Alles is proper, maar de inrichting is die van een scheepslounge wat de kleuren betreft: vaalgroene beddespreien en gordijnen, oldfinish kastjes en fauteuils, crème, tegen het rose aanleunend, houtwerk. Doch ik krijg, ongevraagd, een sleutel van de straatdeur, omdat het, 'wel eens laat kan worden'.

Nadat ik mijn bagage heb uitgepakt en me heb verfrist, zit ik doodstil, luisterend naar het suizen van het verkeer over het asfalt. Een raar gevoel van: 'Wanneer zouden vader en moeder me mogen komen opzoeken?'

Edinburgh, zondagavond. Met inspanning van al mijn krachten wil ik, ondanks mijn nog gedeeltelijk beneveld hoofd, proberen mijn ervaringen van het laatste halve etmaal op schrift te stellen, in de eerste plaats tot lering van wie ze te lezen zal krijgen, maar vooral omdat anders spoedig van alles nog maar flarden heugenis over zullen zijn, waar ik geen touw meer aan zal kunnen vastknopen.

In de loop van de middag ben ik van een zwaarmoedige dame, wier naam ik ben vergeten, maar die ook in dit hotel logeert, geen schrijfster is, maar organisatories aan de Conference verbonden is (en die mij gedurende de korte tijd van onze eerste kennismaking reeds heeft weten mede te delen, dat ze dikwijls oprecht wenst dood te zijn) te weten gekomen, dat ik in ieder geval de plechtige opening van het Festival, om drie uur, in St. Giles Cathedral, heb gemist, maar dat de Schotse PEN ons om zeven uur, op een gelukkig dichtbij gelegen adres, een receptie aanbiedt. De tussentijd heb ik gebruikt om overhemden en ondergoed te wassen, een brief aan Wimie te schrijven en deze te posten, en te voet de buurt te verkennen; halverwege mijn tocht zet de regen in. Behalve in portieken, kan men nergens schuilen, want alles is potdicht. Ik sjok dus maar weer terug naar het hotel, en blader in de hal het gastenboek door op de laatste paar dagen, om te ontdekken dat gisteren twee Nederlanders – de dichter, essayist en toneelcriticus G., en de criticus van het buitenlandse boek, tevens expert op het gebied van censuur, d.H. – zich hebben ingeschreven. John C., de organisator van de Conference, is dus op mijn schriftelijk verzoek, mij liever niet met landgenoten onder één dak te huisvesten, niet ingegaan. Ik heb tegen G. en d.H. niets, dus het hindert gelukkig niet, maar in het algemeen is een verzoek als dat van mij geenszins onzinnig. Ik vind weinig dingen erger te verdragen dan Nederlanders in het buitenland. Ze weigeren doorgaans onder elkaar enige andere taal dan het Nederlands te gebruiken, zelfs in het bijzijn van hun gastheer, en klagen gewoonlijk aan één stuk door over het eten en over het weer. Ik geef niet veel om eten, en kan het nut van klagen over het weer niet inzien, zolang er nog geen middelen zijn ontwikkeld om het te beïnvloeden.

De paar uur voor de receptie, te kort om nog iets te ondernemen, breng ik starend door. Koud is het niet. Het is opgehouden met regenen, maar het gaat harder waaien. De wind verspreidt of vervormt de geluiden van het verkeer. Af en toe schuiven de wolken vaneen en daalt er een onwerkelijk, geel licht op de aardkorst neer, en de hemel ziet er even dreigend uit als op een ets: het is 'het weer van alle mensen', waarbij een stoet van herinneringen zijn onontkoombare cirkelprocessie begint. Toch gaat alles nog kalm aan: de *Universi Pavor Postmeridionalis* laat me aardig met rust, en ik kan ook nog plotseling opzij kijken zonder dat er een Gezicht naar buiten mijn oogbereik wegglipt. De Stemmen zijn er natuurlijk wèl, maar wat wil je onder de omstandigheden. Wees eerlijk, het valt mee. Dit keer is het gepraat trouwens niet veel meer dan gemurmel, vermoedelijk van iemand die ik eens, per ongeluk, een ongeldig geworden kwartje in de hand heb gestopt, en die nu in zijn graf geen rust kan vinden. Je moet ze overstemmen, dat is altijd het beste. Dus praat ik zelf maar hardop, en wissel ik de zinnen 'De Doden begraven, de Doden begraven' en 'God nog aan toe, wat een marteling' met elkaar af. De tijd gaat vrij snel, merk ik. Je moet je er door slaan, waar of niet. Spoedig zal ik mij naar de party kunnen begeven. Erger dan nu kan het dan moeilijk zijn, denk ik.

Op de PEN-receptie weet ik vrijwel meteen, dat het mis is. Sherry en rode wijn lijken mij niet bepaald de gewenste dranken voor een avondreceptie, maar de Schotten zijn – dat blijkt geen legende – een zuinig volk. Een grote, Victoriaans aandoende kamer met te veel schilderijen aan de muren, is afgeladen met gedelegeerden en leden van de Schotse PEN, van wie verscheidene kilts aanhebben. Ik houd mijzelf voor een ruimdenkend mens, maar een man die vrijwillig een rok aantrekt, boezemt mij walging en verachting in.

Schrijvers zijn zeer lelijk; de fotoos die van hen in de kranten staan en waarop ze, bij gedempt licht, hun kin op de rug van hun hand laten rusten, zijn meestal acht en twintig jaar tevoren genomen. Aanschouwt men ze in levenden lijve, dan ziet het er waarlijk anders uit. Wat dat betreft is er geen verschil met Nederland. Hier trouwens ook, precies als op de vergaderingen van de Vereniging van Letterkundigen, wemelt het bovendien van de overjarige dames die misschien in 1926 een onleesbare, imitatie-impressionistiese roman hebben gepubliceerd, en zich sedertdien, als voornamelijk uit boezem bestaande zwammen, aan de Vereniging als aan het leven zelf, zijn blijven vastklampen, met geen andere occupatie dan elk prakties voorstel door hun gekwaak en obstruksie te torpederen. Ze zouden gedachtig moeten zijn aan de Dood, de torren, maar inplaats daarvan zeilen ze, met slechts twee à drie glaasjes rode wijn tot brandstof, als oorlogsgaljoenen rond. Men ontloopt ze niet gemakkelijk. Spoedig, omdat ze ziet dat ik een beetje verloren bij de schouw sta, heeft reeds een van haar mij de pas afgesneden en vraagt me, na het labeltje op mijn revers te hebben gelezen, of ik van Holland kom. Dat is nu juist wat op mijn revers staat, dus de vraag is niet geheel nodig. Ik slaag er in, vriendelijk te blijven, terwijl ik met afgrijzen de oude, in pluiswol gehulde, beurse kalebas gadesla, dreigend voorafgegaan door een ontzaglijk, sponzig tietwerk, dat al een halve eeuw als bron van leven heeft afgedaan en waarin slechts de Kanker zijn legioenen marsbereid maakt, het geheel uiteraard behangen met broches van mosagaat, bloedkoraal en git.

Waar ik dan wel woon in Holland. In Amsterdam natuurlijk. Laat zij nu toevallig – *how interesting!* – verscheidene keren in Holland geweest zijn! Nee, niet in Amsterdam. Maar wel in Den Haag! Ja zeker, in Den Haag, en wat heeft ze daar dan wel gezien of gedaan? Gezien zeer zeker niets, maar wel heeft ze gegeten in een restaurant. Het was iets *Indonesian* en ook iets *very nice*, en bovendien iets *extremely good*. Het moet stellig geweest zijn in een heel lange straat, de langste straat van Den Haag, hadden ze haar verteld. Het had een naam, dat heerlijke eten... Na... Na... Na?... ja, ze weet zeker, dat het een bepaalde naam had... Ken ik die en die? Na uit de onmogelijk uitgesproken gegevens iets wat zin heeft te hebben gedestilleerd, kan ik tot mijn tevredenheid zeggen, dat ik de bij deze vrouwenaam behorende persoon, zonder twijfel een of andere mestkever die Schund aan damesbladen levert, niet ken. Maar nu wil ze opnieuw alsmaar op de naam van die lange, die heel lange straat in Den Haag komen. Iemand botst, Godlof, tegen het schepsel op, en ik ontkom snel. Nog elf personen, waarvan drie dames, spreken met me, en alle elf zeggen, met andere woorden en andere attributen, precies hetzelfde. Een soort toeristies tweede gezicht: God Christus nog aan toe, daar reis je toch geen duizend kilometer voor, om de vrije vertaling te horen van de beuzelpraat, die je in je woonplaats, in de winkel van je melkleverancier, dagelijks kunt opvangen?

Bij nummer elf wordt het me te machtig. 'Oude hoer, ja zeker,' zeg ik, vriendelijk knikkend, in het Nederlands tegen een lintjesdragende Schotse transvestiet, die mij tussen zijn bruine, gedeeltelijk weggesmolten tanden door, met zijn speeksel ook zijn prietpraat aanbiedt. 'I beg your pardon?' 'Stom gelul, wil ik maar zeggen,' verduide-lijk ik mijzelf. 'U maakt de zaak alleen maar beroerder. Ik zou die domme snavel maar potdicht houden. Mijn idee.' Daarop sta ik enige tijd verwezen voor mij uit te staren, om vervolgens de rest van het gebouw te gaan verkennen. Meer aanwezigen doen dat, en tenslotte betreed ik een omheind plat dak, waar nog meer mensen, waarschijnlijk wegens de benauwde atmosfeer, een toevlucht hebben ge-zocht. De zon is doorgekomen en vlak boven de grond van het park waarin het gebouw gelegen is, hangt een warmte-nevel. *Ueber allen Gipfeln ist Ruh...* Waar maak ik me druk of kwaad over? O, Eeuwige, u zien van aangezicht tot aan-gezicht. De goedkoop smakende, te koud geschonken wijn is toch nog goed gevallen: ik word mild gestemd. Ik erger me niet eens aan het slechte Engels, niet veel minder *ba-sic* dan het *Me no fuckoffee!* van de Chinaman, waarin het doodzieke aapje N., geen lid van de Nederlandse delega-tie, maar overgekomen voor een Nederlands dagblad, zich verstaanbaar probeert te maken.

Dan wordt het tijd om aan vervoer naar de volgende party te gaan denken. Deze wordt van 9 uur af in een an-der stadsdeel gehouden en ons aangeboden door Sheriff and Mrs Wilson. Ik ga met nog een paar anderen in een au-tomobiel en betreed, als we het adres bereikt hebben, een zeer hoog gelegen verdieping in een modern flatgebouw. Hier is het ook rode wijn geblazen, maar deze wordt al-thans door een leuke jongen, zonder kilt, de zoon des hui-zes, uitgeschonken. Vader is er helaas niet en laat zich zeer tot zijn spijt verontschuldigen: hij moest al vanavond op reis, om morgenochtend, ergens ver weg, recht te kunnen spreken (en vermoedelijk twee niemand kwaad doende, maar samenlevende vrienden, tot tien maanden gevan-genisstraf te veroordelen). Stellig lieve mensen, want, net als onze Verlosser, hebben ze het beste drinken voor het laatst bewaard, als, met een beperkte radius van distributie weliswaar, in de keuken in onbekrompen maat gin and tonic wordt uitgeschonken. Verder herinner ik mij weinig vermeldenswaards, behalve een zeer geanimeerd gesprek met de oude L.P. Hartley, die, bij zijn vertrek onmachtig om zijn eigen jas uit de stapels en kluwens op gang en overloop uit te sorteren, na lang gewoel en geduik onder de kapstok, met de gemompelde vaststelling '...Looks like it... well, a coat is a coat...' gehuld in een andere regenmantel dan de zijne, voorzichtig de trap afdaalt. Ik noteer dit allemaal, gezeten op een vurenhouten keukentafel. Morgen zien of het onzin is.

Edinburgh, maandag 20 augustus. (Wat ik gisteravond heb opgeschreven is niet vrij van hysterie en een tikje doordraverig, maar de formuleringen bevallen me, gezien de moeilijke omstandigheden waaronder ze tot stand kwamen, zó goed – alle zinnen lopen, ik heb slechts één losgeraakte bijzin moeten vastmaken, en slechts één gezegde van het enkelvoud naar het meervoud behoeven over te brengen – dat ik de tekst, tot een teken dat de Geest over alles triomfeert, ongewijzigd laat staan. Trouwens, je kunt anders wel aan de gang blijven.)

Vanmiddag om half drie is de Conference geopend. Velerlei dingen zijn voor mij nog onopgehelderd gebleven, en ik bezit nog steeds geen programma of welk voorlichtend stuk drukwerk ook. Wie nu eigenlijk de hele zaak heeft georganiseerd, wie de keuze van de uit te nodigen schrijvers heeft verricht, wie de onderwerpen heeft vastgesteld – het blijft allemaal voorlopig een mysterie voor me. Er schijnen overigens binnen de boezem van de Conference allerlei spanningen te heersen en ook moet er, zo heet het, een of andere machtsstrijd aan de gang zijn. De hele zaak zou zijn opgezet, zo willen het bijvoorbeeld boze tongen, om een bepaald genre schrijvers en het fonds van een bepaalde uitgever te glorifiëren. Dat zou dan de groep van Franse auteurs van de zogeheten *nouveau roman* betreffen, die, onder aanvoering van Robbe-Grillet, hier verwacht werd. Om een of andere reden maakte Angus W. zich over hun deelneming aan de Conference zeer druk, en heeft hij de laatste twee nachten, naar hij somber meedeelt, vrijwel geen oog dichtgedaan, telkens opstaand om nieuwe invallen te noteren en de verdediging voor te bereiden. In zijn waarlijk wel een beetje paranoïde voorstelling van zaken zouden Robbe-Grillet c.s. gereed staan om de literaire heerschappij over West-Europa te usurperen, en de traditionele prozavorm voor altijd het zwijgen op te leggen. Ik heb de laatste paar dagen te vergeefs geprobeerd deze waanidee uit zijn hoofd te praten. Ten eerste is Robbe-Grillet een warhoofd. Ten tweede: men zou over wat hij en zijn volgelingen maken, een artistiek oordeel kunnen vormen, indien men in staat zou zijn het uit te lezen, maar we weten allemaal dat hun boeken even onleesbaar zijn als de nieuwe kleren van de keizer onzichtbaar. Zouden zulke mensen dan in staat zijn op een congres, in een debat, enige mededeling te doen, die het overwegen gedurende langere tijd dan acht sekonden waard zou zijn? Schreeuwers, en waarschijnlijk, als echte vertegenwoordigers van de Franse esprit, altijd te dom en te lui geweest om tien woorden Engels te hebben geleerd. Maar waar praat ik over: de hele groep Robbe-Grillet heeft afgezegd, dus dat is van de baan.

Het aantal afzeggingen is trouwens zeer groot. De leiding heeft mijns inziens een ernstige fout begaan door bekend te maken, welke grote koppen zij had uitgenodigd.

Na een bericht in de bladen, dat men is uitgenodigd, behoeft men, wat de publiciteit betreft, niet meer te gaan – het is dan zelfs sjieker om weg te blijven. Minstens een stuk of twintig bekende figuren zoals Moravia, Sartre, de Beauvoir en Ehrenburg, hebben afgezegd. Nabokow omdat hij niet 'met Ehrenburg zich in één vertrek wenste te bevinden en met hem dezelfde lucht inademen'. Een te eerbiedigen reden, maar was hij maar wèl gekomen, want uit het hele communistiese gebied zijn niet meer dan een stuk of drie Joegoslaven komen opdagen, dat staat vast, terwijl één Pool onderweg zou zijn. Het communistiese systeem houdt nu eenmaal niet van conferenties, tenzij alle teksten, met aanduidingen voor applaus, tevoren zijn vastgelegd, en men zeker is van een meerderheid van halfzachte zelfbeschuldigers en weg-met-ons! christenen. Wie dat nu nog niet in de gaten heeft, zal er wel nooit achter komen. Maar nu wat minder bespiegeling, en eerst een zo feitelijk mogelijke beschrijving.

Ik schat het aantal deelnemers op tussen de vijftig en zestig schrijvers. Het gebouw, waar de zittingen gedurende vijf achtereenvolgende middagen zullen worden gehouden, McEwan Hall, lijkt niet veel op, maar doet toch in sfeer denken aan het Concertgebouw in Amsterdam. Het voornaamste verschil is dat het, behalve groter, rond is en, als de Stadsschouwburg in Amsterdam, amphitheaters en gaanderijen heeft. Op het podium bevinden zich drie zeer lange, in compartimentjes verdeelde, koorbanken, elke volgende bank hoger dan die ervoor, die wel lelijk en ook weinig comfortabel zijn, maar het onmiskenbare voordeel bieden dat men, verzittend of opstaand, geen lawaai maakt zoals bij het gebruik van een losstaande stoel. In een van de bovenste gaanderijen zetelen, in een glazen keetje, de twee dames tolken, en wij krijgen allen een koptelefoon plus ontvanger waarmede wij, door middel van een schakelaar, hetzij de originele spreker in het Frans of Engels, hetzij zijn simultaan vertaalde tekst in een van deze zelfde talen kunnen beluisteren. Het auditorium kan 2000 mensen bevatten en is, begrijp jij het begrijp ik het, tot de laatste plaats bezet.

Het onderwerp van vandaag is *The Novel Today*. Nauwelijks een onderwerp, maar eerder een bodemloze put. Ik zou het begrip *novel* wel eens gedefinieerd willen zien. Hoe kan men, zonder een definitie, iets over de toestand van de roman in deze tijd zeggen? Toch wordt het geprobeerd. Angus Wilson houdt het eerste referaat, een zeer bruikbaar overzicht van de Engelse romantraditie, volgens welke, met in het oog springende onveranderlijkheid, het onbedorven platteland de grote levenswaarden tegen de corruptie van de grote stad moet verdedigen. Het fictief worden van deze tegenstelling heeft aan de traditie een eind gemaakt, waardoor veel schrijvers die anders zeker van hun zaak zouden zijn geweest, nu in verwarring dreigen te geraken. Bedreigen de moderne communicatiemiddelen de roman? De roman als vlot, pretentieloos entertainment zal stellig door de televisie worden vernietigd, maar de Art Novel, persoonlijk in vorm, visie en getuigenis, zal, aldus Wilson, zich onbedreigd weten te handhaven. Het klinkt heel overtuigend, en het zou ook wel fijn zijn als het waar was, maar is het waar? Zou bijvoorbeeld niet het lage peil van de televisieprogrammaas het op den duur de burger onmogelijk maken, iets dat inspanning, hoe gering ook, vereist, te appreciëren? Ik ben geen onheilsprofeet, maar hier lijkt mij de ene voorspelling even geloofwaardig als de andere. Natuurlijk zal de literatuur zich handhaven, maar hoe klein zal het gebied zijn, waarop het zal worden teruggedrongen, en hoe gering zal de geestelijke en materiële relatie met de staat en de maatschappij – een relatie die nu al vrijwel non-existent is – dan zijn? Noch Wilson, noch een van de andere sprekers raakt die vraag aan.

Mary McCarthy, Amerikaanse romanschrijfster en critica, praat een minuut of vijftien, maar waar het over gaat, al sla je me dood, ik weet het niet. Het heeft niet zo zeer met het Amerikaanse accent te maken, nee, het zit hem in het feit dat de meeste Amerikanen een ritme van ontvouwen van hun gedachten hebben, zo verschillend van dat van de Europeaan, dat het ons niet zelden toeschijnt dat ze in het geheel niets beweren. Op schrift, als men de gelegenheid heeft hun beweringen met zelfgekozen snelheid in zich op te nemen, blijkt wat ze mede te delen hebben, vaak wel degelijk de moeite waard.

Mijn landgenoot G. houdt een kort, informatief inleidinkje, waarin hij de hoop uitspreekt dat de wereld Couperus en Multatuli zal herontdekken. Een prijzenswaardig optreden, maar geen hond die er zich voor interesseert. Nee, men wil briljantie, en tegendraadse zogenaamde leutigheid. Die wordt dan ook prompt geleverd door Henry Miller. (Hoe ooit iemand de geschriften van deze zwetsende zelfverheerlijker ernstig heeft kunnen nemen is mij een raadsel, gezien de vervelende opendeurintrapperij en het losgeslagen kleinburgerdom, die er de grondslagen van vormen, alles vermengd met theosofie uit Westfriesland van 1910, en dan nog onverteerbaar slecht geschreven; zo zou ik het overjarig vitalisme van deze oude bosneuker willen omschrijven, die, in zijn kruistocht tegen de bekrompenheid, zelve de vlees geworden geborneerdheid is.) De menigte verkeert in spanning naar wat de profeet gaat zeggen over de roman. Dozijnen blitz-knipsers snellen, sommige struikelend, af en aan om het orakel van Californië, op het punt de wereld met een gevleugeld woord te verrijken, voor altijd op de lichtgevoelige laag vast te leggen. '*Well*,' zegt de eeuwige jongeling, '*I want to tell you that l have been walking around a great deal in your beautiful city, and that I've been looking at such marvelous paintings in your galleries! I would say: let us talk about painting. Let's not talk about the novel, it's been dead for at least fifty years.*' Wat enig, en wat oorspronkelijk! Onnodig te zeggen, dat deze bêtise met een orkaan van een applaus wordt beloond. Intussen zit ik uit te rekenen, dat van het geld dat het gekost moet hebben om deze oude phallus heel uit Californië hierheen te krijgen, twee studenten een vol jaar hadden kunnen leven, twee opdrachten aan kunstenaars hadden kunnen gegeven worden, of door gemeente of rijk een schilderij of beeldhouwwerk had kunnen worden aangekocht. Ben ik nu een kankeraar omdat ik vind dat men bepaalde normen in acht moet nemen, omdat ik vind dat het geen pas geeft om, uitgenodigd tot deelneming aan een congres, als men die uitnodiging aanneemt, zich aldaar anders dan als een volwassen mens te gedragen?

De meeste andere referaten zijn navenant. Het zijn op hun best vage ontboezemingen. Een lid van de Joegoslaviese delegatie komt voor de microfoon iets beweren. De dames boven vertalen zijn Frans met alle inspanning en overgave, maar enige zin dringt uit het gesprokene niet tot me door, behalve dat het werkende volk van Joegoslavië zich voor ongehoorde, natuurlijk met de onze volstrekt onvergelijkbare problemen geplaatst ziet. Kortom, God is brochure geworden en is huis aan huis verspreid. Nauwelijks echter heeft hij gesproken, of briefjes gaan van de Joegoslaviese hoek naar de tafel van de voorzitter, die snel mededeelt, dat men er vooral rekening mee moet houden, dat de vorige spreker niet namens de Joegoslaviese delegatie heeft gesproken. Mijn bloed begint alweer te koken. Waarom springt er niemand op om te zeggen, dat men van niemand verwacht dat hij 'namens zijn delegatie' spreekt? Te laat besef ik, dat ik dat had moeten doen. Intussen schijnen knappe politieke astronomen een zekere spanning binnen deze vele lichtjaren van ons verwijderde groep te hebben opgemerkt, en zij menen zelfs dat de Joegoslaviese spreker iets gedurfds heeft gezegd. Mogelijk, maar ik heb het niet gehoord.

De middag gaat onverwacht vlug voorbij. Het geduld en de aandacht van het publiek zijn bewonderenswaardig, iets anders kan ik er echt niet van zeggen. Als het alleen gekomen zou zijn om een aantal beroemde schrijvers van dichtbij te kunnen zien, dan zou het toch na korte tijd zijn belangstelling moeten hebben verloren. Neen, literatuur schijnt nog steeds een niet te verwaarlozen groep mensen te interesseren.

Na de zitting maak ik kennis met de schrijver F., die als cultureel attaché van Nederland, voornamelijk voor het Edinburgh Film Festival, in de stad is, en met hem gaan wij, dat wil zeggen mijn landgenoten G., het belegen literaire wonderkind H.M., het zieke aapje N. en ik naar zijn hotel The North British, om aldaar op zijn uitnodiging 'een kleinigheid te gebruiken'. Het worden een flink aantal kleinigheden, nogal snel achter elkaar genuttigd, omdat de tijd dringt: om zes uur staat ons alweer een party te wachten, bij de schilder Tom Mitchell. Aldaar met de anderen per taxi aangekomen, begin ik, als ik uit de hoog gelegen flat uitkijk over het wijde, door de late middagzon gekoesterde Warrender Park, wat erg nadrukkelijk te denken aan de vergankelijkheid van alle dingen, wat mij doet beseffen dat ik hard op weg ben om straalbezopen te worden. Nog net op tijd weet ik het roer om te gooien, en voorlopig op tonic over te gaan. De ontvangst hier is allerhartelijkst. De gastheer is een grijsgebaarde jongeman, die met zijn schilderkunst, waarvan de hier opgehangen specimina niet veel indruk op mij maken maar mij ook geen aanstoot geven, behoorlijk zijn brood moet verdienen, want aan verbouwing en modernisering van de flat zijn toch zeker tien miel besteed, schat ik, terwijl ik, op een berenvacht in een rieten korfstoel gezeten, een en ander taxeer. De baardman komt, met tussenpozen van hoogstens vijf minuten, telkens met een batterij van flessen langs en 'acht geen schreiers, noch vreest geen scha', hoewel in de gang al iemand staat te huilen. Wat mij vaker van parties in het Verenigd Koninkrijk is opgevallen is, dat zij nooit op vernielzucht of vechten schijnen uit te lopen, wel op het afleggen van lange verklaringen of, een heel enkele keer, het storten van tranen.

Het vertrek wordt minder vol en ik kom nu, zittend op de divan, in geanimeerd gesprek met Muriel Spark, die mij bezweert, dat ik 'overal naar toe kan, als ik maar die en die laat weten welk toneelstuk of concert ik wil bijwonen'. Ik dank haar voor haar lieve raad, hoewel ik erg blij ben dat ik nergens naar toe hoef en ook niet voornemens ben, ooit naar enig festivalevenement toe te gaan. Een ongelooflijk dikke, Schotse jongeman in een kilt begint een gesprek met me, vertelt me dat hij schrijver wil worden, maar nog 'erg jong is en pas begonnen', en dat hij elke avond als hij naar bed gaat tegen zichzelf zegt: '*Arthie, Arthie, you've been eating far too much again today. And you've been drinking far too much, too, my boy.*' Dit gepresenteerd in dat rare, bijna ongeloofwaardige Gronings van Engeland, dat Schots heet. Als ik nog ternauwernood van mijn ontzetting ben bekomen, opent hij een met geschriften volgepropte, varkenslederen aktentas en spreidt een hele jaargang van een literair tijdschrift in Gaelic uit. Ook zonder drank zou in een situatie als deze de Grote Weemoed toeslaan: ik word opeens diep begaan met al die handwevers en sierkunstenaars en kijk de bladen in, zonder er echter in te slagen een woord van de tekst thuis te brengen. 'Bij de wederkomst van hem, van wie geschreven staat dat hij komen zal als een dief in de nacht, zullen alle taalproblemen zijn opgelost,' laat ik hem, niet eens in een poging hem voor de gek te houden, weten. 'Esperanto parolata.' De tranen staan mij nu nader dan het lachen, terwijl 'Arthie' met zijn zakdoek zijn gezicht probeert te drogen van het zweet, dat gewoonweg niet is bij te houden. Landgenoot G. heeft oog voor mijn toestand en komt me vragen of ik mee ga: met N. en M. zouden we in de stad iets kunnen gaan eten. Ik stem toe, hoewel ik het liefst regelrecht naar mijn hotel zou gaan en in mijn nest kruipen, maar door nu meteen mee te gaan, zal ik hier gemakkelijker weg komen, besef ik. Aldus belanden wij in een nogal bekakt restaurant, veel te duur in verhouding tot de kwaliteit van het gebodene, met enorm veel voorsnijderij, warmhouderij, wijngieterij uit korfje, vragen of het gesmaakt heeft, etc. Alleen de kok, met muts, die een praatje komt maken, ontbreekt nog. Ik word al beroerd van een restaurant in het algemeen, omdat mijn overtuiging eist dat de mens in het geheim, alleen, bij voorkeur achter een juten gordijn gezeten, zijn voedsel tot zich neemt, dat bovendien nog van de allereenvoudigste soort dient te zijn, met volop rauwe wortel, gekookt paardehart en rauwe koolraap, alles zo mogelijk genuttigd van vetdicht pakpapier op een onderlaag van koeranten. Eten in het bijzijn van tientallen andere, en nog wel onbekende, mensen, vind ik heel wat ontuchtiger dan in hun bijzijn de geslachtsdaad uitvoeren.

En zich voor geld aan tafel te laten bedienen door iemand die men niet kent en die je waarschijnlijk haat, dat is volstrekt zondig, en kan nooit worden goedgepraat. Maar er zijn heel wat mensen, die er anders over denken. Kennelijk deelt geen van mijn drie tafelgenoten mijn overtuiging. Ik probeer mij in hun gevoelens en overwegingen te verplaatsen, en let scherp op ziek aapje N., die niets bestelt zonder een woordenstrijd van minstens zes minuten met de ober. Het is fascinerend: hoe komt het, dat iemand die tien jaar jonger is dan ik, twintig jaar ouder schijnt en nauwelijks meer een mens, maar veeleer een mannetje, wiens enige contacten met de schepping spijs en drank schijnen te zijn? De juiste leeftijd waarop kreeften moeten worden geslacht, of ze snel, langzaam, kort, lang, in zout, half zout of flauw water moeten worden gekookt, Griekse gerechten van schapenvlees die in het zuiden wel, maar in het noorden niet, buiten Griekenland soms, als die en die voorwaarden vervuld worden misschien, God legge het uit, maar helaas slechts zelden op de juiste wijze, worden toebereid; dat claret wel gechambreerd, maar toch een stuk koeler dan bijvoorbeeld beaujolais moet worden geserveerd, etc. Er komt geen eind aan. Van wat hij besteld heeft, deugt natuurlijk niets: de rosé is te warm, de schildpadsoep is 'bedorven', van de gerookte forel laat hij vier vijfde op zijn bord liggen, bewerend dat er 'geen smaak aan is' en ook van het hoofdgerecht, ik ben vergeten wat, laat hij twee derden onaangeroerd. 'Zonder twijfel zoon van een steuntrekker' bedenk ik opeens. Daarbij praat hij over vrouwen op dezelfde toon als waarop hij het over patrijzen met truffels, of haas in wijnsaus heeft.

Na een bezoek aan de Festival Club – een besloten sociëteit waarvan we bewijzen van tijdelijk lidmaatschap hebben gekregen, en die ik nog het beste kan vergelijken met Americain, maar dan ruimer, niet zo somber, en minder rokerig – alwaar we koffie gebruiken, wandel ik met G. naar ons hotel terug, de stad en haar nachtelijke weedom gaarne aan N. en M. overlatend.

Edinburgh, dinsdagmorgen 21 augustus. Vanmorgen heb ik wat door Edinburgh geslenterd. Ik word nogal geplaagd door een kater, die mij geen hoofdpijn bezorgt, maar me wel veel vatbaarder dan anders maakt voor Plotselinge Bevingen, Vlekken, Firmamentvrees, alsook de dwanggedachte dat iemand op een mij nog onbekende straathoek staat te wachten om me met een Mes dood te steken. De beste houding tegenover deze bezoekingen is te zeggen: 'Als het dan moet, vooruit dan maar, ik bemoei me er niet meer mee.' Wordt echter het gevoel van bedreigd worden zo hevig, dat ik aan vechten voor mijn leven ga denken, dan is het ogenblik gekomen om – alles volgens voorschrift van de geneesheer – als de bliksem een klont of hap suiker te eten, want razernij heeft iets te maken met een ontoereikend suikergehalte in het bloed. Ik herinner me nu, dat ik deze morgen helemaal geen brood heb gegeten – daar heb je het. Het ontbijt in het hotel is overigens uitstekend: een schaaltje grapefruitpartjes vooraf, dat de plakkerige, naar stront en roest smakende mond snel verlichting schenkt, daarna een bord met nogal syntheties smakende, gebraden worstjes, twee nogal hard gebakken eieren, en gebakken spek. Bovendien nog een grote pot sterke, zeer on-Britse koffie. Maar er is, dat ben ik met d.H. eens, iets raars met het vet waarin een en ander gebakken wordt, en dat zware eisen aan de maag stelt. Ik denk dat de hoteleigenaarster smorgens vroeg drie kwartier ver fietst om, een plastic kapje op het hoofd tegen de elementen, ergens in de rij te gaan staan waar men, daartoe gemachtigd door een tijdelijke vergunning van de overheid, ongeldig geworden vet voor 6 1/2 cent per pond in de handel brengt. Iets dergelijks moet het zijn, dat ben ik met d.H. eens. Vanmorgen, in de ontbijtzaal, vertelde hij me, hoe hij gisteren om twee gekookte inplaats van gebakken eieren had gevraagd, daarbij, maar kennelijk niet duidelijk genoeg, te kennen gevend dat hij wèl de worstjes en het spek wilde hebben. Alles hetzelfde, behalve de eieren, want die gekookt inplaats van gebakken, zo zou je het toch gemakkelijk kunnen samenvatten, meende hij. Hij kreeg de gekookte eieren, jawel, maar het andere gebakken voedsel bleef weg. Nadat hij om opheldering had gevraagd, werden hem de gekookte eieren wederom ontnomen, waarna het gewone, complete, gebakken menu volgde. Kon ik een en ander verklaren? Ik deelde hem mede, dat de kardinale fout moest zijn geweest, dat hij het gehele probleem veel te lichtvaardig had opgevat. Had hij zijn verzoek te voren in zijn kamer gerepeteerd? Had hij allerlei houdingen van het hoofd beproefd? Had hij de zin lopend of zittend geoefend? En de toon? Was deze wel beslist geweest en daarbij toch onverschillig genoeg om geen nervositeit te veroorzaken? Hij had daar allemaal niet aan gedacht. Dan zul jij gebakken eieren moeten blijven eten, jongen. Zou jij het niet voor mij kunnen proberen, Gerard? Ja, kunnen wel, en willen ook wel, maar wat als het lage bedrog aan het licht zou komen, en men zou ontdekken, dat niet ik, maar heel iemand anders – bovendien iemand die al eerder probeerde overlast te veroorzaken – onrechtmatig twee gekookte eieren zat te eten?

Dan tiert d.H. op het weer, vloekend 'wie dat hier maakt, dat hij ze wel eens', etc. Inderdaad is elke morgen de hemel inktzwart, en voert een loeiende wind de ene stortbui na de andere aan. Daarbij komt, dat elke morgen om tien voor half negen mijn moeder, al is ze al twee jaar dood, aan de overkant van de straat op de bus staat te wachten. d.H., die de laatste tien jaar nog geen vacantie in Nederland of elders in het noorden heeft doorgebracht, kan zich niet bij het weer neerleggen. 'Maar het is toch helemaal niet koud,' probeer ik hem te troosten. Hij wordt steeds treuriger. Hij zal spoedig sterven. Wil ik me er voor inspannen dat hij in Nederland, en niet hier, begraven wordt?

Terwijl ik dit loop te overdenken staat, vlak bij Scott's Monument dat ik wegens hoogtevrees niet op durf, plotseling F. voor me, een grote catalogus van Sonja Henie haar schilderijententoonstelling onder de arm. Ik herken hem niet onmiddellijk, wat voor mij heel gewoon is, maar de betrokkene gemakkelijk aanstoot zou kunnen geven. F. laat niets merken, een man waar ik nog niet goed uit wijs kan, maar in elk geval iemand die genoeg heeft meegemaakt om zich over bijzaken niet meer op te winden, moe, skepties, maar gelukkig niet cynies. Of ik zin heb ergens 'iets te gebruiken'? Ja laten we dat doen. We proberen onze weg door het verkeer te vinden, en dat blijkt F. nog moeilijker af te gaan dan mij. Het motorverkeer is niet erg snel, maar wel zeer dicht geworden, zulks wegens een op handen zijnde mars door de stad van een korps Schotse doedelaars. F. springt zo raar en besluiteloos heen en weer, dat hij de bestuurder van een personenwagen dwingt al te abrupt te remmen, zodat dit voertuig prompt van achteren gekraakt wordt door een bus. Zo minachtend ik het hoofd heb geschud over zijn geschuifel en gespring, ik bewonder nu de efficiëntie waarmede hij, zijn hoed van het hoofd nemend, onmiddellijk tussen het haastig samenscholende grauw gaat staan, zijn blik noch guitig, noch verbeten, doch eerder ingekeerd, als die van een poes op de bak. Hij wijkt geleidelijk achteruit tot hij uit de menigte is geraakt en voegt zich weer bij me. 'Het moderne verkeer, dat weet wat,' is zijn enige commentaar.

In de Festival Club bestel ik – het is twintig voor twaalf – een droge sherry, maar die kan pas om twaalf uur geserveerd worden, aangezien de vergunningstijden ook voor besloten sociëteiten gelden. Wat een land, en wie heeft dit allemaal bedacht? Enfin, de koffie die ik als enig alternatief neem, biedt mij de gelegenheid een beetje suiker te eten, waarop prompt het dreigend op en neer deinen van de vloer, als ware deze het dek van een reusachtig schip, een einde neemt. Mijn angst is weer aardig weg, en ik ben bijna iedereen gunstig gezind. Niemand schijnt zin te hebben vanmiddag naar de Conference te komen, want het onderwerp is *Scottish Writing*. Een te geringe opkomst van gedelegeerden zou ik gênant en bovendien onbeleefd tegenover de Schotten vinden, dus ik besluit in ieder geval de zitting bij te wonen. F. heeft een late nacht gehad en gaat nu naar zijn hotel, om na de lunch een paar uur te gaan rusten, en ik begeef me naar McEwan Hall om in het bijgebouw daarvan, waarin de *Men's Union* (naar ik denk een soort equivalent van onze A.M.V.J.) is gevestigd, tezamen met de andere deelnemers, in een speciaal voor ons gereserveerd zaaltje, de dagelijkse gemeenschappelijke lunch te gebruiken. Die lunch kan maar bij weinigen van mijn kunstbroeders genade vinden, maar is mij een dagelijks terugkerende vreugde. Het voedsel, kennelijk door weinig talrijk personeel veel te lang van tevoren klaargemaakt, voldoet aan de voorwaarden die men aan eten mag stellen – de honger te stillen, het lichaam de vereiste energie en bouwstoffen te leveren en de gezondheid niet te schaden, kortom, het is het eten waarmede ieder mens die bereid is zich voor God te verootmoedigen, genoegen neemt. Maar bij mijn kollegaas is het gegrom niet van de lucht. Ik prijs dan ook luid elke gang van het doodgestoomde menu, beklop mijn smakeloze oeuf dur goedkeurend met mijn vork, zeg verscheidene malen 'lovely, lovely, this is what I call reinforcing the inner man', etc. Het armoedige, op een studentenbudget berekende menu biedt toch nog keuze in de hoofdschotel: *Meat Pie*, of *Curried Egg*. Ik heb geen voorkeur, maar kies Curried Egg. Het duurt even, en inmiddels komt de dienster met één of twee meat pies. Houd ik daarvan? Och ja, zeg ik, het één is net zo goed als het ander, best hoor. Zo werk ik mij tevreden door de meat pie heen, maar ik heb, door te aanvaarden wat ik niet besteld heb, een chaos veroorzaakt: minstens vier mensen krijgen nu, omdat de dienster kennelijk de bestellingen van mijn plaats af in een bepaalde orde in het hoofd heeft gehouden, nèt datgene wat zij niet hebben gevraagd. Op hun gemor geef ik intussen commentaren als 'One shouldn't care too much about food', en dergelijke. Welk eindoordeel ik ook over de International Writers Conference zal overhouden, deze dagelijkse gemeenschappelijke maaltijd zal ik mij altijd in dankbaarheid blijven herinneren.

Dinsdagmiddag. Mijn verwachtingen betreffende de belangstelling voor de zitting van hedenmiddag worden bevestigd: de zaal is slechts voor twee derden gevuld, en van de gedelegeerden is bijna de helft niet komen opdagen. De leiding heeft een ietwat gewijzigd arrangement doorgevoerd, waardoor een soort panel, van een half dozijn Schotse schrijvers, aan een tafel apart, vooraan op het podium, is neergezet. Hun namen doen hier niet veel ter zake, behalve die van twee aan de beide uiteinden gezeten gedelegeerden: aan het ene einde de 70-jarige kiltdragende kommunistiese dichter Hugh MacDiarmid (pseudoniem voor de significante naam Grieve), aan het andere de ongeveer 33-jarige, aan de injectienaald verslaafde, Alexander Trocchi, volgens de legende in de Verenigde Staten tot twaalf jaar gevangenisstraf veroordeeld en op het nippertje naar Canada ontsnapt, vanwaar hij kortelings naar zijn Schotse geboortegrond zou zijn teruggekeerd, mager, ongezond er uitziend, met zijn afwezige, diep in hun kassen liggende ogen voortdurend op de tafel starend, terwijl hij zijn handen los tussen zijn knieën laat neerhangen. Men behoeft geen groot inlevingsvermogen te bezitten om te zien, dat voor hem het leven een marteling inhoudt. Voor MacDiarmid echter bestaan er geen problemen, laat staan dat het leven tragiek zou kunnen bevatten: ik zie hem in gedachten voor me, op een gure doch zonnige zondagmiddag, diep over zijn bord gebogen, en uitsluitend zijn vork gebruikend, bezig stamppot van andijvie en bakbokkingen te eten, met zijn vrije hand de bladen omslaand van de naast zijn bord liggende *History Of The Communist Party Of The Soviet-Union (Bolsheviks)*, af en toe zijn kauwbewegingen onderbrekend voor een vrome glimlach.

De zitting begint met een tamelijk informatief, histories overzicht, gegeven door een academicus wiens naam ik helaas kwijt ben. Daarna, van lieverlede, zakt het peil van de inleidingen. Een definitie van *Scottish Writing* wordt niet gegeven, maar wel allerlei ongeloofwaardig gezeur over Schotse zuiverheid, grootheid van geest en zin voor recht. Het debat ontwikkelt zich geleidelijk tot allerlei gesputter tegen Engeland, dat van alles en nog wat in Schotland zou fnuiken, en waarvan men zich zou moeten distantiëren. Aan alles voel ik dat men zich tegen iets wil afzetten inplaats van er zich eerlijk mee te meten. Wat staat eigenlijk de Schotse literatuur in de weg? vraagt men zich voortdurend af. Het wordt wel evident dat het gebrek aan talent moet zijn, zoals vrijwel overal. Trocchi krijgt het woord en zegt, dat hij beroerd aan het worden is van het deerniswekkend provincialisme dat hier ten toon wordt gespreid, en waarvoor hij zich schaamt. Het Schotse locaalpatriottisme is een zielige vertoning geworden in een wereld, waarin de mens reeds de grootste moeite heeft iets van zijn eigen identiteit in het algemeen te weten te komen. Wat ik hier neerschrijf heeft Trocchi bij benadering niet gezegd, maar ik geloof toch dat het een eerlijke weergave is van de teneur van zijn betoog. Hij formuleert slecht, vaag, tegelijkertijd onverschillig en patheties, maar vergeleken bij bijna alle voorgaande sprekers, slaat hij eigenlijk de spijker op de kop. Iedereen wordt om zo te zeggen klaar wakker. Nu krijgt MacDiarmid het woord.

Intussen zie ik dat de Schotten flessen voor zich hebben staan, en dat ze zich te ondiep inschenken om het waarschijnlijk te maken dat de inhoud cola is. Ik maak mij door middel van gebaren verstaanbaar, geef met duim en wijsvinger de hoogte aan die de inhoud van een mij aan te bieden glas zou moeten hebben en, verdomd, er wordt een waterglas halfvol geschonken en aan mij doorgegeven. 'Dat zouden ze nooit doen als ze niet zelf al flink bezopen waren,' concludeer ik. De wisky – want dat is het – verbreidt onmiddellijk een aangename warmte door mijn aderen.

MacDiarmid begint met te zeggen, dat het Schotse nationalisme alle recht van bestaan heeft, want hij gelooft in steeds groter wordende nationale verscheidenheid in de wereld. (*Divide et impera*, flitst door me heen.) Misschien vindt meneer Trocchi de gewone dingen en het leven van gewone, *normale* mensen niet de moeite waard, maar hij,

MacDiarmid, is er zeker van dat er duizenden *normale* mensen zijn, die zich niet afvragen wie zij wel of niet zijn, die geen moeite hebben met het vaststellen van hun identiteit... Meneer Trocchi daarentegen vindt het belangrijker te schrijven over *such things as homosexuality, lesbianism and sodomy.* Enzovoorts, enzovoorts. Sneller dan ik zelf wil, begint een razende woede in me op te komen. Daar heb je ze weer, de boekverbranders, de uitroeiers van miljoenen mensen en van de *Entartete Kunst,* de roodhemden die weten wat normaal is en wat niet, en die in hun hoogmoed de natuur en God zelf de wet denken te kunnen stellen; die duizenden mensen in een *Sportpalast* in Moskou bijeenbrengen om hen met donderende ovaties de belastering van een schrijver te laten bekrachtigen zowel als de veroordeling van diens boek, dat echter geen van hen ooit heeft kunnen lezen. Ik vraag het woord.

Ik begin met te zeggen, dàt telkens, wanneer ik een verhaal of boek gepubliceerd heb, een familielid klaagt dat er weer 'geen normaal mens in voorkomt'. Dat ik echter graag eens zo'n normaal mens van dichtbij zou willen zien, als iemand mij er een zou willen brengen. Dat ik het voorts van ondergeschikt belang vind, waarover Trocchi schrijft, maar van meer belang of hij goed schrijft dan wel slecht. Dat homoseksualiteit, 'lesbianism and sodomy' sommige mensen als onderwerpen misschien niet aanstaan, maar dat zij menselijke realiteiten vertegenwoordigen, aangezien acht à negen procent van de bevolking, en misschien nog wel meer, homoseksueel is. Dat ik mij tot het uiterste zal verzetten tegen elke poging om de auteur zijn onderwerp voor te schrijven en dat ik mij, als homoseksueel, zeker nooit door iemand zal laten verbieden homoseksualiteit tot onderwerp van mijn werk te kiezen. Tenslotte, dat ik gaarne iedereen uitdaag om mij een boek

uit de wereldliteratuur voor te leggen, dat geen 'abnorma-
le' mensen tot onderwerp heeft.

Mijn woorden maken enige indruk. De Oostenrijk-
se romanschrijver Erich Fried heft met een uitdrukking
van diepe voldoening zijn verstrengelde vuisten boven
zijn hoofd. Een journalist vraagt mij, mijn naam op een
blocnote te willen schrijven. Een bepaald onderdeel van
mijn verklaring blijkt intussen meer Britten te hebben ge-
schokt, dan ik had verwacht.

Woensdag 22 augustus. Ik schijn voor tenminste vier en
twintig uur de held van de dag te zijn geworden. Telkens,
in de wandelgangen of buiten het gebouw, word ik staande gehouden door mensen die mij hun complimenten maken over mijn 'very brave statement' van gisteren. Ik antwoord ze, naar waarheid, dat het helemaal niet zo moedig
was als het lijkt, want dat ik niets riskeer, aangezien ik
burger ben van een beschaafd land, waar men, behalve de
vervolging van tovenarij en ketterij, ook die van volwassen homoseksualiteit heeft afgeschaft. Dat kunnen ze in
hun zak steken. De dames tolken komen op mij af om mij
mede te delen dat mijn woorden van gisteren 'de enige van
belang zijn geweest op de hele zitting'. Al die lof kietelt
mij, maar maakt mij ook neerslachtig. Ik word onzeker
over mijn motieven. Maar mijn haat en woede jegens hen,
die, als ze ooit de macht zouden krijgen mij en miljoenen
anderen in kampen zouden laten doodknuppelen of in kli-
nieken laten castreren, die waren echt, en vrij van elke be-
rekening. Al lang heb ik de overtuiging gekoesterd, dat de
tijd van het bedelen om begrip voorbij, en de tijd van het
gebruik van vuisten, tanden en voeten aangebroken is. Zo
zou ik nog wel even door kunnen gaan, maar ik moet niet
doordraven, en ik zal u daarom een waar gebeurde anek-

dote vertellen, die zich deze eigenste morgen heeft afge-speeld. Als gewoonlijk, komen alle deelnemers omtrent twaalf uur in een soort voorbespreking bijeen, om zich te beraden over het voorzitterschap, de verdeling van de spreekbeurten, etc. Nog voor de bespreking begint, komt de vrouw van MacDiarmid op mij af, kijkt mij nieuws-gierig vorsend aan, en verzoekt mij dan, mijn handteke-ning voorin haar programmaboek van de Conference te zetten. 'Mens, je houdt me voor iemand anders,' denk ik, maar ik zet welgemoed mijn handtekening op de pagina, waarop slechts die van vier of vijf grote kanonnen prijken, en die nu dan ook geruïneerd is. Ze bestudeert de naam, en een begin van ontzetting tekent zich op haar gezicht af: Alles verpest. 'Anything wrong?' vraag ik vriendelijk. Ze herstelt zich, zegt dat alles in orde is, maar tenslotte krijg ik uit haar dat ze dacht dat ik Norman Mailer was. Deze nu is net vanmorgen aangekomen, nadat gistermid-dag, tijdens de zitting, een telegram van hem werd voor-gelezen, waarin hij zich verontschuldigde voor het door de geboorte van een dochter veroorzaakte uitstel, en zijn komst aankondigde. Mrs MacDiarmid stevent vastbera-den op hem af, en vlotweg zet hij zijn handtekening. Dan raakt zij echter in gesprek met hem. 'Mr. Mailer,' zegt ze, 'ik vond die verklaring van u, gisteren, over uw homosek-sualiteit, die vond ik erg flink en moedig. Maar goed be-grijpen kon ik het toch niet, want dezelfde middag kwam er een telegram dat u een dochter had gekregen...' Ik ge-loof niet dat men een voorval als dit, vooral de dubbel-gelaagde verwarring die het bevat, ooit zelf zou kunnen bedenken.

De zitting, over *commitment*, is een teleurstelling. Nie-mand definieert commitment, of onderscheidt dit in reli-gieuze, sociale, en politieke commitment. Iedereen loeit maar wat door over de Liefde, de Noden der Mensheid, en dergelijke, alle heel reële onderwerpen, mits men ze in een begrijpelijk betoog weet te gieten. Dat van Khushwant Singh uit India is misschien niet onbegrijpelijk, maar wel stom vervelend. Daarbij komt, dat ik mijn gekleurde broeders al het heil dat maar denkbaar is toewens, en me altijd tegen elk onrecht, hun aangedaan, zal blijven verzetten, maar dat het mij tevens de grootste moeite kost, zo niet onmogelijk is, mij voor te stellen dat zij er gevoelens en gedachten op na zouden kunnen houden die enige overweging waard zouden zijn. Ik geloof in de gelijkheid en gelijkberechtigdheid van alle mensen, maar als ik, zoals nu, deze tulbanddrager met zijn warrelende pluisbaard zie staan oreren, kan ik hem niet ernstig nemen. 'Man,' denk ik, 'laat je haar knippen, trek mensenkleren aan, en scheer je eens behoorlijk.' Intussen, hoe de man er op komt blijft voorlopig een raadsel, deelt hij mede dat de schrijver moet opkomen voor allerlei onbegrepen waarden en liefden, dat is zijn commitment, maar niet voor homoseksualiteit, want dat is geen liefde, aangezien homoseksuelen geen liefde kunnen ervaren. (W. roept, wit van woede 'Shame! Shame!') Ik denk dat ik droom. Wie heeft die slangenbezweerder wat gevraagd? Nu het toch mijn spreekbeurt is, verklaar ik, voordat ik mijn referaat houd, dat ik op de bewering van de vorige spreker, volgens welke ik geen werkelijke liefde zou kunnen ervaren, alleen maar zou willen repliceren: 'God vergeve hen, die zulke stompzinnige dingen durven zeggen.' (W. knikt mij, bij mijn terugkeer naar mijn plaats, met voldaan geloken ogen toe.) Erich Fried springt op, bestormt de microfoon en straft het orakel van de Indus terdege af. Voorlopig zal deze zich wel koest houden, denk ik.

Woensdagavond. Vanavond, op een receptie van het Edinburgh Film Festival, hoor ik van Erich Fried 'de ware toedracht', die mijn woede bijna in deernis doet verkeren. Onze Oosterse kunstbroeder is namelijk meer dan een gewone kampioen van de heteroseksualiteit. Hij bevrucht, in zijn woonplaats in India, als een stamboekhaan, de hele buurt plus de buitenwijken, zeer ten verdriete van zijn echtgenote en meer nog tot ergernis van zijn zoon, die, slecht voorbeeld maakt gewoonlijk afkerig van volgen, aan een homoseksuele levenswandel de voorkeur geeft. Fried heeft echter veel meer, en veel interessanter nieuws. Hij blijkt, slechts sinds een jaar of tien geen communist meer, ongelooflijk goed geïnformeerd over de communistiese dogmatiek van de laatste vijftien jaar, en bezit bovendien kennis van velerlei curieuze, maar dikwijls ook gruwelijke feiten: de slachting, die Ulbricht in Rusland onder zijn Duitse partijgenoten heeft aangericht, zijn voorkeur om Thaelmann, als door de nazi's het aanbod tot uitwisseling wordt gedaan, in Duitse gevangenschap te laten, een voorkeur die begrijpelijk wordt als men bedenkt, dat niemand behalve Ulbricht ten tijde van Thaelmanns arrestatie van diens adres op de hoogte was...

Donderdag, 23 augustus. Vandaag is *Censorship* het onderwerp. Ik zou zeggen dat dit zo ongeveer het belangrijkste onderwerp van de hele conferentie is, maar de belangstelling is slechts matig. (Het spreekt vanzelf, dat MacDiarmid is weggebleven.) Voorzitster is Mary McCarthy, die een vage inleiding houdt, behelzende dat ze in theorie vóór een ideale, maar in de practijk tegen elke censuur is. Alweer geen duidelijke, principiële benadering van het onderwerp. Nadien houdt d.H. een kort, maar zeer helder referaat over de toestand in Nederland en het onlosmakelijk verband tussen een wet op pornografie en censuur: hoe iedere officier van justitie censuur kan uitoefenen door bijvoorbeeld twee en een half jaar op een in beslag genomen editie te blijven zitten, zonder het tot een proces te laten komen, het gesol met vertalingen van Henry Miller, etc. Het indringende van zijn verhandeling is, dat hij vrijwel nergens zelf de conclusies uit het ten hemel schreiende materiaal trekt, maar deze aan zijn gehoor overlaat. De uitgever Rohwolt geeft vervolgens een overzicht van de situatie in Duitsland, die aan het verbeteren schijnt, maar het verbijsterende is, dat hij nergens de censuur in het algemeen, principieel dus, verwerpt. Ik zelf heb dagen gewerkt aan een uiteenzetting, waarin ik wil bewijzen, dat wie tegen politieke censuur is, onvermijdelijk ook tegen morele censuur moet zijn, omdat ze identiek zijn. Vóór mij echter krijgt de Amerikaanse, in Parijs wonende schrijver William Burroughs, onterfde zoon van de rekenmachinemiljonair, het woord. Zelden heb ik het hypocriete karakter van de morele censuur duidelijker, en genadelozer, horen uiteenzetten en nooit heb ik overtuigender horen aantonen, dat de staat slechts die door het geschreven woord teweeg gebrachte seksuele prikkeling veroordeelt, die hij niet gebruiken kan: masochisme en sadisme bijvoorbeeld, mits gehoorzaamheid respectievelijk militaire moordzucht stimulerend, zijn welkom. Zijn conclusies zijn precies dezelfde, als waartoe ik in mijn spreekbeurt zal moeten komen, maar ik ben helaas te ijdel om van het woord af te zien. Ik maak trouwens de fout die alle onervaren kongressisten begaan: van de veronderstelling uitgaan dat iemand hunkerend op jouw mening zit te wachten. Ik ben de enige niet: bijna alle deelnemers hebben lezingen gehouden inplaats van, in het verband van de bespreking, een paar beknopte opmerkingen te maken.

44

Als ik denk een minuut of vijf gesproken te hebben blijk ik al veertien minuten aan de gang te zijn geweest, en moet ik geïmproviseerde bekortingen maken, die mijn betoog verzwakken. Nu ja, ik heb mijn best gedaan, bedenk ik, als ik, wel een beetje sjagrijnig, weer op mijn plaats ga zitten. De zitting kabbelt voort. Tegen het eind komt de vraag aan de orde die F. heeft gedeponeerd en die aan Muriel Spark, katholiek bekeerlinge, is gericht: Wat is haar oordeel over de index? Haar antwoord is kort en duidelijk: de index is een zinledig geworden onding, dat zo spoedig mogelijk moet worden afgeschaft. Dan gaat weer een huivering van verwachting door de zaal: Henry Miller krijgt het woord. Wat komt ons de grote vrijgeest van het Westelijk Halfrond vertellen? 'I think we've all been talking so much about freedom. What we really want, when we see a beautiful woman, is to sleep with her. I would say: let's try and get as much freedom as we can get. Let's not talk about it, let's *do* it.' Maar als die vrouw nu eens, heel kleinburgerlijk natuurlijk, haar man van wie zij houdt en die nogal jaloers is, niet ontrouw wil zijn? Of, maar aan die mogelijkheid zal deze op zichzelf verliefde haan waarschijnlijk niet eens gedacht hebben, de 'beautiful woman' liever een frisse jongen dan een oude geilaard wil? Ik noem dit altijd 'het oplossen van problemen door het bestaan ervan te loochenen'. Voor ieder die iets verder wil kijken dan zijn neus lang is moet het duidelijk zijn, hoe dogmaties dit quasi on-dogmatiese standpunt is, en welk een bedreiging het, door het ontbreken van elke ethiek, voor de wezenlijke menselijke vrijheden kan vormen: het eeuwige misverstand, dat bandeloosheid voor vrijheid houdt. Millers woorden krijgen natuurlijk een donderend applaus.

Een tweede vraag uit het publiek is gericht aan het adres van de Joegoslaviese delegatie, en betreft de veroordeling tot zes jaar gevangenisstraf van Djilas wegens zijn boek *Gesprekken met Stalin*. Peter Segedin gaat, in het Frans, op deze vraag in. Zijn betoog duurt zeker een kwartier, en is geheel gesteld in de stijl van 'reeds in 1836 besloten de werkende klassen van Joegoslavië om, gezien de dit en dat', etc. Men krijgt nooit een antwoord, maar wel een histories-materialisties referaat, dat niemand een bal interesseert, en bovendien geen enkel aanwijsbaar verband vertoont met de vraag. Dat is eigenlijk de hele kwestie met het communistiese blok: moet men deze mensen uitnodigen? Om redenen van politiek prestige misschien wel. Maar uit prakties oogpunt kan men net zo goed naar de diverse hoofdsteden om een stencil schrijven. Het transportprobleem is buitengewoon moeilijk in Joegoslavië, weet Segedin ons te melden. Ik geloof niet in al die sprookjes betreffende liberalisatie en toenemende tolerantie binnen het communisme, die ons nu al tien jaar lang, en niet alleen door *De Groene Amsterdammer*, worden opgelepeld, maar die door geen enkel konkreet feit worden bevestigd. Voorlopig zendt het regiem dan ook het gewone kontingent karpatenkoppen, waarmee praten onmogelijk is. Als Segedin is uitgeoreerd, vraag ik het woord, want ik wil alleen maar informeren, in hoeverre door Djilas zijn arrestatie het transport in Joegoslavië is verbeterd, maar het wordt mij geweigerd, en de zitting wordt gesloten. De Joegoslaviese delegatie zou eens opnieuw, zoals op de eerste zittingsdag, kwaad kunnen worden. (Dat heb ik vergeten te schrijven, maar de Joegoslaven hebben de eerste zittingsdag gedreigd, weg te gaan, zulks wegens het verlenen van het woord aan een lid van hun delegatie zonder voorafgaande goedkeuring van hun delegatieleider. Mijn commentaar was: 'Meteen zeggen: graag!' Maar het beroerde is, dat veel mensen menen, voor een goede verstandhou-

46

ding, in hun verkeer met kommunisten, de kommunistiese gangsternormen te moeten toepassen.)

Vrijdag 24 augustus. Dit wordt dan de laatste zittingsdag. Ik moet zeggen: ik ben blij toe, en aardig uitgeput. Het onderwerp is weer eens goed vaag: *The Future Of The Novel.* Bij onze voorbereidende bespreking tijdens welke de slangenbezweerder en Angus Wilson tot voorzitters worden benoemd, doet zich een klein incidentje voor: Singh vraagt ons goed te vinden, dat er, in antwoord op de telegrammen van verhindering die uit de communistiese landen zijn binnengekomen, namens alle deelnemers telegrammen terug zullen worden gezonden, waarin de afwezigen zullen worden bedankt voor hun bericht en waarin de hoop zal worden uitgesproken, dat ze een volgende keer wèl zullen kunnen komen.

'Why?' vraagt Lawrence Durrell, en er valt een pijnlijke stilte. Inderdaad, waarom? Waarom moeten mensen die in maart toezegden te zullen komen en pas een paar dagen voor de conferentie afzegden, voor hun onbeschoftheid en hun leugens worden bedankt? Singh mompelt wat vage argumenten over coëxistentie en dergelijke. 'I won't sign it,' zegt Durrell. 'You may exclude me by name, if you wish.' Ik kijk met voldoening naar zijn gezicht, dat door de verbeten uitdrukking die het nu vertoont, er nog boosaardiger uitziet dan gewoonlijk, en wil eigenlijk hetzelfde zeggen, maar wantrouwen jegens mijn eigen motieven weerhoudt me daarvan. Angus Wilson bemoeit zich ermee, de zaak wordt gesust, en tenslotte legt iedereen zich bij een uiterst formele tekst neer: we zijn allemaal te moe om ons nog ergens druk over te maken.

Omdat tot dusver op elke zitting tijdnood is ontstaan, is de leiding eindelijk tot rantsoenering van de spreektijd overgegaan, die nu op vijf minuten maximaal per spreker is gesteld. Een van de eerste sprekers is Nicka Tucci uit de Verenigde Staten. (Spreek uit: Toetsie.) Tot nu toe heeft deze, althans voor zover ik mij herinner, nog geen enkele keer het woord gevoerd, maar aan zijn Zichtbare Tegenwoordigheid heeft niemand zich kunnen onttrekken. Ik ben nooit dichter dan op twee of drie meter afstand van hem geweest, maar als ik iemand haat met al de vermoeide energie die nog in me huist, dan is het wel deze vlees geworden frase. U kent het type vast wel: vroeger, een jaar of twintig geleden, droeg het nog een flambard. Op de kunstenaarssociëteit 'De Kring' te Amsterdam kan men het nog bij het dozijn aantreffen. Als het schilder is, heeft het behalve een vrouw nog een bijzit plus de dochter van die bijzit, alles in één reusachtige atelierwoning, en alle drie de vrouwen aanbidden hem, zonder dat zij onderling ooit het geringste krakeel hebben, behalve over de vraag welke heerlijke hapjes ze vandaag weer voor hun artistieke halfgod zullen koken. (Deze is dol op garnalen en aangezien die gepeld nogal duur zijn, pellen de drie vrouwen ze voor hem met razende snelheid – hij kan het zelf niet, 'zo'n lastig gepeuter' – zonder dat ze echter de tomeloze vraatzucht waarmede hij ze naar de mond brengt, ooit kunnen bijhouden.) Geheel onbegaafd op het gebied van de dichtkunst is hij niet, terwijl hij ook alleraardigst reciteert. (Eén van de vrouwen staat dan vlak bij de deur, om te verhinderen dat iemand door het gerucht van zijn plotselinge binnenkomst de betovering verbreekt.) Hij vindt dat het socialisme moet zegevieren en dat aan de uitbuiting door de bezittende klasse een eind moet worden gemaakt. Van zijn reusachtige woning, die in zijn geheel slechts f 71,40 per maand huur doet, heeft hij een middelgrote kamer voor slechts f 115,– aan een journalist, en een iets langere kamer annex washok waar gekookt kan worden, voor de tegemoetkomende prijs van slechts ƒ 145,– aan een balletdanser en een acteur onderverhuurd, alles natuurlijk eksklusief de prijs van gas en licht. Gaat hij bij regen de straat op, dan doet hij wel een regenjas aan, maar steekt hij zijn armen niet in de mouwen. Vandaar ook dat hij niet loopt, maar schrijdt.

Nicka Tucci schrijdt, heeft geen haar maar lokken, en de vette oliedoeken regenjas – waarvan inderdaad de mouwen ongebruikt neerhangen – gaat nooit uit. Hij zwermt voortdurend om Mary McCarthy heen, die zich zijn courtship, naar het schijnt, gaarne laat welgevallen. In geen van beide richtingen kan ik de bekoring begrijpen, hoewel Mary McCarthy door sommigen aantrekkelijk wordt genoemd. (Blauwbaard Singh The Womanizer heeft volgens W. in een gesprek in de wandelgangen, gezegd dat hij gaarne een jaar van zijn leven zou willen geven als hij haar één nacht zou mogen beslapen; waarop Lawrence Durrell verklaard zou hebben dat hij een jaar nodig zou hebben om van de vervulling van zulk een opdracht zich volledig te herstellen.) Enfin, Nicka Tucci krijgt het woord, en gaat voor de microfoon zitten. Nu wordt de uitspraak van Lincoln bevestigd, dat men alle mensen een tijdje, en sommige mensen voor altijd, maar niet alle mensen voor immer, misleiden kan: deze natuurmens, strijder voor alles wat maar groot is (mits het hem genot en glorie verschaft), kan niet lezen zonder bril. Maar vergis u niet: het is helemaal niet onmogelijk dat in de zaal de drie en twintig vrouwen die hij gisteren uit alle richtingen gemobiliseerd heeft om hem te beluisteren, hun slijmvliezen van vertedering zullen voelen samentrekken bij het aanschouwen van dit zo menselijke gebrek. Hij begint, heel vlot, met een aantal op zichzelf niets betekenende, maar licht prikkelende gedachtenomkeringen betreffende de relatie burger-staat. Maar dan, zonder dat men weet hoe het gekomen is, barst er een stroom clichés los, steeds zotter aandoend naarmate zijn toon hartstochtelijker en zijn stem luider en bezwerender wordt. De bril zakt, door de woeste bewegingen van zijn manenkop, steeds verder naar de punt van zijn neus. Het gaat over de regeringen, die zich aan het voorbereiden zijn op een strijd, waarna er in het geheel geen regeringen meer zullen zijn, een strijd, zeg ik u, die, etc. Angus Wilson kijkt getergd. 'All the money spent on warfare should be spent on peaceful projects,' fluister ik hem in het oor. 'Yes, awful,' fluistert hij terug. 'I think I must stop it.' Het geloei is inmiddels zeker acht minuten aan de gang, en nu grijpt Wilson als voorzitter in. 'I think you beat your point,' zegt hij. 'I agree with everything you said but we have no more time.' Tucci staat op en vergaart zijn bladzijden met trillende handen. 'The others used far more time than I,' protesteert hij. 'Yes, but they all talked much too long,' snijdt Wilson hem de pas af. Even lijkt het, of de vooruitstrevende kunstenaar een scène zal maken. Dan stapt hij, bijna struikelend, achteruit en gaat gelaten weer op zijn plaats zitten, maar de hele verdere zitting blijven zijn mondspieren trekkingen maken en kauwt hij op denkbeeldig voedsel. Toch niet zo denkbeeldig: miskend door de wereld of niet, de vrouwen zullen vanavond iets lekkerders voor hem koken dan hij in lange tijd geproefd heeft.

Burroughs houdt een zeer sober uiteenzettinkje over de methode, die hij voor de produksie van proza toepast. Zeer aanbevelenswaard is het, elke tiende pagina vertikaal in tweeën te knippen en de linker helft van pagina 10 te combineren met de rechter helft van pagina 20, de linker helft van 20 met de rechter van 10. Idem handele men met de paginaas 30 en 40. Pagina 100 worde op dezelfde wijze met pagina 1 geamalgeerd. Geen spier van zijn gezicht vertrekt. Singh wordt onrustig en roept opeens 'Are you serious?' Burroughs kijkt nauwelijks op terwijl hij, zonder zijn toon te veranderen, in de microfoon mompelt: 'Of course I'm serious. I'm always serious.'

Na hem krijgt zijn landgenoot Norman Mailer het woord. Tot nu toe heeft deze al een paar keer gesproken, en zelfs een heel goede pers gehad, maar volgens mij nog in het geheel niets gezegd. Wel zijn de geestdrift en energie van dit 'kromgegroeide cherubijntje' zoals G. hem treffend noemt, onbegrensd: hij zwaait en danst, met hamerende bewegingen van zijn gebalde vuisten, voor de microfoon op en neer, er telkens te dicht bij komend zodat zijn stem in een geknal wordt weggeslagen. 'Maar wij moeten, en dat is een punt waar ik eigenlijk geen ogenblik niet de nadruk op zou willen leggen, tenzij wij de innerlijke problemen zoals die zich aan ons geestesoog voordoen, maar niet dan nadat wij hebben kunnen spreken niet alleen van *in*leven, maar van *be*leven in de werkelijke zin van het woord,' dat is ongeveer de portee van wat ik kan opvangen. Arme dames tolken, die me nog vanmorgen haar nood klaagden over de overstelpende hoeveelheid *pudder* die mensen over hun lippen durven brengen. Men anticipeert als tolk de duidelijkst aangekondigde voltooide deelwoorden en houdt ruimte vrij voor de steeds noodzakelijke rest van een bepalende bijzin, maar niets van dit alles komt.

'Zouden ze het bij deze spreker moeilijker of makkelijker hebben dan daarnet?' vraag ik me af, als na Mailer de Pakistaan X. (ik kan de naam nergens meer vinden) als laatste voor de sluiting door de voorzitter, zijn toespraak mag houden. (Hij verspreidt in allercurieust Engels gestelde stencils over zichzelf, waarin o.a. staat dat zijn gedichten het eenvoudige landleven tot onderwerp hebben, en dat zijn moeder een 'simple village lady' was.) 'Als de dames boven pienter zijn, dan zeggen ze gewoon maar wat: *Het geeft sneeuw als wolle* of *Tot de landpale van Moab zal het geschrei zijn*,' bedenk ik, want aan dit geloei is geen touw vast te knopen. 'Oehoe doedoe, oerdoe boe, behoe hoe boeng noj,' andere taalbegrippen kan ik niet opvangen. Ik kijk naar Angus Wilson, die even, nauwelijks waarneembaar, een hoofdschuddend gebaar tegen me maakt, en zet dan de koptelefoon op. 'La vie que...' Dan een zucht en vele seconden zwijgen. 'Il nous faut comprendre que...' Jawel. Dan weer een wanhopige, zwijgende ademhaling. Zij met wie ik mij snel fluisterend versta, houden vol dat de man wel degelijk Engels spreekt. In elk geval getuigt hij uit een levend geloof, dat is aan zijn wijd uitgespreide armen wel te zien, en wil hij stellig niet, dat 'de verworvenheden van onze cultuur (met al haar schatten) aan de zinloze vernietiging ener kernoorlog worden prijsgegeven' – ik denk dat ik hem geen onrecht doe, als ik met deze woorden, op eigen risico, zijn betoog samenvat, voorlopig beter dan met 'Oehoe doedoe, oerdoe boe, behoe hoe boeng noj'.

'Was het nou Engels of niet?' vraag ik, als we eindelijk in de auto wegstuiven om het einde van de Conference met het gebruik van verversingen te gaan vieren. 'Certainly it was English,' houdt Tony vol, maar Angus blijft het in twijfel trekken. 'Oewoewoewoe boe,' brengt hij uit. 'I'm sure it was Urdu.'

Brief Uit Amsterdam

Amsterdam, zondag 2 december 1962. Door traagheid en besluiteloosheid, alsook door Permanente Melancholie, zit ik nog steeds zonder dagblad, daar ik sedert Wimie zijn vertrek (die zich van 26 oktober af, zogenaamd voorgoed, in het Verenigd Koninkrijk heeft gevestigd om aldaar, met de verblindend aantrekkelijke en inderdaad aanbiddelijk lieve, 23-jarige loodgieter M. uit de Engelse stad I., in Londen een Nieuw Leven te beginnen) de door hem medegenomen abonnementen nog niet door eigene heb vervangen, omdat ik mijn geest nog niet heb weten op te maken, welke veelgelezen koerant te kiezen. Vandaar dat sommig nieuws mij niet, en ander nieuws mij met grote vertraging, door mondelinge overlevering, bereikt. Zo verneem ik vandaag pas, dat de schrijver F., cultureel attaché van Nederland in Londen, na een hartaanval is overleden. Het bericht dompelt mij geruime tijd in aandachtig en weemoedig gepeins. Gelukkig heb ik in mijn *Brief uit Edinburgh* niets onaangenaams over hem geschreven. Moge zijn Ziel in vrede de Jongste Dag afwachten: nu ja, alles geestelijk natuurlijk, en hoogstens bij wijze van spreken, want of zulk een evenement in de orde der waarschijnlijkheden ligt – hoe ouder ik word en hoe hartstochtelijker ik honger en dorst naar Gods Uiteindelijke Gerechtigheid, hoe onzinniger mij tevens elke concrete heilsverwachting voorkomt, en ook, hoe meer ik neig naar de overtuiging, dat de enige zekerheid die het leven ons biedt, die is van de Dood. Alsjeblieft. (De lezer houde mij deze ontboezeming ten goede: dat ik hier zelf geheel zonder hulp, op ben gekomen, daarmede pretendeer ik nog niet, dat het een oorspronkelijke vaststelling zou zijn, noch iets anders dan een banaliteit; maar vaak denk ik, dat de mens, daar hij zich met alle geweld aan één of andere zekerheid wenst vast te klampen, zich het beste zou kunnen vastklampen aan die van de Dood, en misschien een boel plezier zou kunnen hebben, indien hij deze zonder ophouden zou eren, liefhebben en vieren.)

Pluk de dag, zeg ik altijd maar. Vanmorgen had het weinig gescheeld, of hij was met wortel en tak uitgerukt, zo onnoemelijk vroeg, zeker voor een zondag, bevond ik mij reeds uit de veren. De vraag, die intussen alle andere overheerst, luidt, hoe in dit *zoet krothuis* de waterleiding lopende te houden, en waar precies het voedsel voor Denise en Marie Justine neer te zetten, zonder dat het bevriest of althans zo koud wordt dat het Denise haar maag van streek zal brengen, waarna ze, bij voorkeur op spreien, kussens of matten, haar vliesloze worsten van braaksel, al achteruitlopend, zal weten te deponeren.

Onder of boven nul, dat maakt een groot verschil. De ganse natuur verandert erdoor, heb ik ergens gelezen. Nog geen drie dagen geleden zag de schepping er inderdaad totaal anders uit, toen ik, na mijn thuiskomst van een lezing in G., de twee van de echtgenote van de plaatselijke veearts ten geschenke gekregen houtsnippen, buiten, want zulk zacht weer was het, op een bank aan de haven, ben gaan zitten plukken, op een punt dat vele aanhangers van de Griekse Beginselen tot centrum van hun namiddaglijk en avondlijk jachtterrein dient; waar zich dan ook, tegen half vier, een zeer fraaie en begeerlijke danser vertoonde, die duidelijk belangstelling voor mijn persoon vertoonde doch mij, wegens mijn plukarbeid, seksueel niet wist te interpreteren. (Toch moet men dat plukken buitenshuis doen, omdat men anders zijn halve woning onder de veren krijgt, met daarbij, in mijn geval, natuurlijk nog het uitbundig gejuich van de katten. Op zeker ogenblik stond ik op het punt beide vogels weg te gooien, het water in, want al voortzwoegend was ik omkleefd geraakt door een dek van allemaal Kleine Veertjes; daarbij was de zijde van een van de vogels kapotgeschoten waardoor afval naar buiten kwam; en uit neerhangende kopjes keken alsmaar dode oogjes, enzovoorts.)

De lezer zal misschien opwerpen, dat mijn betoog de grens van het geoudehoer nadert, of zelfs al overschreden heeft. Er is niets tegen geoudehoer, zolang er maar Gods zegen op rust, dat is wat ik altijd zeg. Trouwens, alsof het niet juist de kleine, zo vaak onopgemerkt blijvende en te weinig gewaardeerde dingen in het leven zijn, die dit zijn inhoud geven! Alsof ik het zelf helpen kan, dat ik de herinnering, onuitwisbaar, van negen en twintig jaar geleden met mij meedraag, toen een vrouw, op een woensdagmiddag in oktober, in de portiek van Ploegstraat 109, 111, of 113 – ik vertrouw dat de lezer mij terzake van het exacte huisnummer niet zal bemoeilijken, want men kan toch bezwaarlijk eisen dat ik het in dit weer, met mijn zieke lichaam, ga verifiëren – bij een herfstige, droge atmosfeer en een lauwe, onstuimige wind (opnieuw het 'weer van alle mensen'), tegen een andere vrouw opmerkte: 'Veel groente, en weinig aardappelen, dat eet voor een man niet zo lekker.' En alsof het mijn schuld is dat, zonder enige geldige reden, mij een paar keer per week de woorden achtervolgen van Mies Bosman, die, misschien wel twee en dertig jaar geleden, stierf, maar tevoren zei: 'Ik ga toch dood – Margriet mag mijn fiets hebben.'

Zo komen we toch, zij het langs een omweg, op het onderwerp van mijn tweewielig voertuig: gistermiddag heb ik mij op de HMW bromfiets (die 551, bij vochtig weer zelfs 60 km per uur kan halen) naar Mevrouw Oofi haar landgoed begeven, in de Gooise gemeente L., om het partijtje ter gelegenheid van de verjaardag van haar 11-jarige zoon G. bij te wonen, en, der traditie getrouw, des middags het projeksieapparaat te bedienen tijdens een filmvoorstelling ten genoegen van jeugdige bezoekers. De keus van een verjaardagsgeschenk voor een elfjarige is niet gemakkelijk, maar ik had *De Katjangs* voor hem gekocht, van Schuil, bij ontstentenis van *De Artapappa's* van dezelfde auteur, dat mijn boekverkoper niet voorradig had, maar wel degelijk bleek te kennen. ('Al jaren niet herdrukt, nee. Ik denk omdat het zo droevig is, vooral dat plaatje van dat graf, op het eind.' Ik stond verstomd, want het moet wel dertig jaar geleden zijn; toch herinner ik mij nog goed, hoe ik op de onbeholpen afgebeelde jongens in dat boek wanhopig verliefd was, reeds toen.)

Oofi haar landhuis, statig en vervallen als altijd, en meer dan ooit gelijkenis vertonend met huis en erve op Chas Addams zijn cartoons, is minder koud dan anders: een weldoener heeft haar een reusachtige, dertig uur zonder bijvullen doorbrandende kolenhaard ten geschenke gegeven, die, beneden in de geweldige hal opgesteld, de temperatuur op trappen en portalen althans boven het vriespunt weet te houden. Door de ontzaglijke koude is de keuken, op de eerste verdieping, de enige draaglijke ontvangplaats, en daar hokt men dan ook samen. Van de ontelbare katten ligt er nu eens geen enkele in een mandje of doos, te vergeefs met een speentje gevoed, te sterven, en dat is althans één troost, maar om onbekende redenen heeft het feest iets bedrukts en voorwaardelijks, tenminste voor mij, waardoor mijn geheugenzwakte wat betreft namen, angstwekkende vormen aanneemt. Ik mompel dan ook maar wat. (Lange tijd heb ik gedacht dat mijn onvermogen tot identifikaatsie alleen vrouwen gold, in welk geval het allemaal nog niet zo erg zou zijn: met *Schatje hoe gaat het?* en *Diertje toch, hoe staat het met jou?* komt men een heel eind. Maar dat blijkt een illusie.) Van de cellist of bassist, die eens beneden in deze *doorgeblazen puingruwel* heeft gewoond en die ik hier in de loop der jaren wel een dozijn keren heb ontmoet, en bovendien stellig als een *boes* beschouw, weet ik noch voor-, noch achternaam meer, evenmin als die van zijn pittige vrouwtje, dat, evenals een andere vriendin van Oofi die mij bekend maar naamloos is, haar knechtjen of meideken (dat is ook zo erg: ik voel me, wanneer ik een kindje zijn geslacht moet vaststellen, als een leek die plotseling eendagskuikentjes moet seksen) op een dekentje op de vloer heeft gelegd, waar het beurtelings schreit, gedrenkt wordt uit een fles, of braakt.

De gesprekken gaan natuurlijk over niets. Drank is er genoeg, maar ik blijf erg matig, en misschien word ik daardoor wel zo slaperig. Met een zekere weemoed denk ik aan andere feesten, die hier eens gehouden zijn: dat van denkelijk wel een jaar of drie geleden, toen Oofi, op het feest van haar jaardag, hartje zomer, omtrent drie uur smorgens, midden in het feestgedruis, in een hoogst patetiese geste (net als 'werkers' die te veel Russiese films hebben gezien, bij een door de politie onder vuur genomen straatdemonstratie, dat met hun overhemd doen), haar fraaie, roze hemdjurk van voren, als de voorhang van een Tempel, integraal in tweeën scheurde, waarna haar schaamte slechts verhuld kon worden door twee vriendinnen, die haar snel met mantels bedekten en afvoerden naar een kamertje waar een bed stond met slechts een lege matras er op, en waar ik haar, voortdurend omvallend, probeerde te troosten door haar de Ware Natuur Gods uit te leggen, terwijl zij in haar kleding een of ander Geheim Papier probeerde te vinden, en waar, ter chaperonnering, elke vijf minuten even zorgzame als wantrouwende vriendinnen binnenkwamen; van welk feest ik, bij het allereerste, schemerige ochtendkrieken, mij uitsluitend op de zon oriënterend, dwars door villatuinen, lege zwembassins, rietpercelen en weilanden waar paarden en hoornvee aan mij kwamen ruiken zonder mij kwaad te doen, er in slaagde de rijksweg te bereiken, onderweg een wit, houten bord op een paal waargenomen hebbend welks opschrift WERKDROGER II, of een tekst van gelijke strekking, mij tot op deze dag is blijven intrigeren; waarna een met aluminium beklede vleesauto uit Heerenveen, op weg naar het abattoir van Amsterdam, mij meenam, zodat ik al om zeven uur thuis was. Ook denk ik aan het feest, dat misschien de naamloze bassist een jaar of twee geleden, ten tijde dat hij het was die beneden woonde, of een ander, ter ere van weer een andere naamloze boes die er uitzag of hij op Nijenrode studeerde of cadet was, aantrekkelijk van uiterlijk maar wel erg bekakt bedoel ik (en die later, dat weet ik zeker, zelf beneden heeft gewoond, als u allemaal begrijpt wat ik bedoel), gegeven heeft; een feest dat waarschijnlijk wel goed geweest is, maar waar een afschuwlijke duisternis heerste (volgens het pubersysteem van donkerrood kastpapier of etalagekarton, op gevaar van brand, om de enige lamp gewikkeld, en van twee kaarsen op schoteltjes, terwijl men op de grond, op kussens langs de wanden, op elkaar hangt en op de tast probeert geil te worden); welk feest dan, misschien wel door de ontzaglijke herrie van een levend orkestje, en door de onvoorstelbare volte, gevoegd bij die reeds eerder genoemde duisternis, op vechten uitliep, waarbij ik onder andere van de bekakte naamloze Nijenrodeboes een paar opdonders op mijn smoel kreeg, misschien omdat ik hem, of zijn meisje, niet, of wellicht te langdurig, bij roede, vagijn, tiet of bil had gegrepen; en na welk feest (ik sliep op de zolder, in roze lakens) er van de 144 stuks gehuurd glaswerk slechts één sherryglas, op een bibelot of etagèretje staand, de volgende ochtend over was, welk glas nog gebarsten bleek te zijn; de vloer een stukgereden schaatsbaan gelijk, bedekt met niet slechts versplinterd, maar ook, in kleine zandverstuivingen opgehoopt, verpoederd glas; in welke algemene ruïne de toverdokter R.J. Grootveld (bestrijder van Kanker en van velerlei verslavingen, transvestiet en exhibitioneel activist), die op een sofa in de feestzaal de nacht had doorgebracht en zijn drie dagen tevoren koperkleurig geverfd haar, ondanks vele wassingen, niet zelfs in de verte zijn natuurlijke kleur had weten te hergeven – wat in de genadeloze ochtendzon wel bleek – en wiens schouders nog bedekt waren met talkpoeder van de avond tevoren toen hij, met een theemuts op het beschilderde hoofd, lakens om het lichaam gedrapeerd en een met groen crêpe papier omgeven stormlantaren, samen met Oofi's zoontje, G., een zelf verzonnen, onbegrijpelijk Zangspel of Recitatief had proberen op te voeren, waartoe hij de kleine G., zonder aanwijsbare noodzaak, in dameskleren had uitgedost (wat Oofi een sedert onuitroeibare vrees jegens hem heeft ingeboezemd), in het aksent en de syntaxis van ongeletterdheid en met de stotende, lichtelijk kwerulante intonaatsie die hem eigen zijn, probeerde de kleine G. uit een kinderboek voor te lezen, daarbij de stompzinnige tekst door kommentaar, eigen varianten en versieringen alleen nog erger makend. Zulk een feest is het vanavond niet, en zal het ook niet worden. Neen, dat komt nooit meer terug. Bovendien zijn we inmiddels weer een aantal jaren ouder geworden.

Als het goed middernacht is geweest, word ik opeens zo slaperig, dat ik Oofi brutaalweg vraag, of ik op staande voet de beschikking over een bed zou kunnen krijgen: iedereen mag op het bed komen zitten en mij, als hij dat denkt te moeten doen, wakker maken teneinde mij over Problemen van Deze Tijd te consulteren, als ik maar ergens, toegedekt en warm, languit mag liggen. Oofi wijst mij het bed in het kamertje naast de keuken, ongewijzigd sinds het grote Zomerfeest van de Verscheuring van het Kleed, behalve dat het ledikant nu ook lakens en dekens rijk is, en in de hoek een betrekkelijk moderne karabijn en enige oude vuurroeren staan. Ik ontkleed me slechts gedeeltelijk, en schuif snel onder het dek, dat te dun blijkt te zijn, dus beginnen gasten, vrolijk kakelend, jassen op mij te stapelen en V., Oofi haar nieuwe verloofde, misschien wel aardiger dan zijn voorganger van ongeveer een jaar geleden (de garagehouder W., door Wimie en mij indertijd dan ook terstond begiftigd met de signifikante naam *De Uitdeuker*), maar niet in die zelfde mate tegelijkertijd jongensachtig verlegen alsook stoer, brengt mij een kop krachtige soep, zojuist uit de wasketel in de keuken opgeschept. Ik bezit nog de konsentraatsie om een wekker, die hij me op mijn vraag aanreikt, op te winden, op scherp te stellen en naast het bed neer te zetten. Ook verzoek ik V. in bed te komen en gemeenschap met mij te hebben, welke uitnodiging hij gelukkig afslaat, want losraking van het dek op dit wel miniem smalle bed zou onvermijdelijk, en bij deze felle koude, weinig minder dan een katastrofe zijn. Dan, eindelijk, word ik warm. Het is pas één uur en het feest dreunt en stampt onbekommerd voort, maar ik slaap vredig in, de schepping prijzend, mijn vrienden liefhebbend, en generlei haat koesterend jegens mijn vijanden. Als de wekker afloopt is het kwart voor zeven. Ik voel me fit en uitgerust en weet opeens weer, waarom ik zo vroeg gewekt wilde worden: voor de tocht naar Amsterdam moet ik wel anderhalf uur rekenen, waarna het aanmaken van de kachel, het verkleden en wassen (want ik besluit dat maar tot in Amsterdam uit te stellen), het huis een beetje opruimen, en eten voor de lieve poesjes koken, enige tijd zal kosten, zodat ik wel binnen een half uur moet afreizen, wil ik omtrent half elf in de kleine, antieke barokkerk in het centrum van Amsterdam, die één zondag per maand ter beschikking van vader X. staat, de mis kunnen bijwonen. De koude is zo doordringend, dat een vacht van waterdruppels op de deken ligt, de ramen geheel bedekt zijn met dik ijs, en ik bij het aantrekken van elk kledingstuk even mijn adem moet inhouden en mijn ogen dichtknijpen. Ik heb drie truien onder een imitatielederen windjek aan, en draag een zware werkbroek over een maillot, maar ik zou me vóór mijn vertrek ergens goed moeten kunnen doorwarmen. 'Ben jij nou nog op, Gerard?' klinkt G.'s stem uit zijn kleine kamertje, als ik, van de badkamer komend, de overloop betreed. 'Nee schat, ik ben *al* op. Tot hoe laat heeft het feest geduurd?' 'Tot half vijf, geloof ik.' 'Heel goed. Slaap nu nog maar wat, diertje.' En ik sluit behoedzaam zijn deur, die gewoonlijk de hele nacht, vermoedelijk wegens nachtvrees, open wordt gelaten. Op de vloer van de overloop, even voorbij de keuken (ongeveer ter plaatse waar vroeger de katten, voordat ze leerden hun nooddruft buiten te verrichten, hun behoefte op de mat plachten te doen, waartegen schoonmaken alleen hielp, wat de lucht betreft, als het gecombineerd werd met een soort chemiese kunstmatige ademhaling in de vorm van deodorantsuizers), ontdek ik nu pas de jonge schilder, reizer en trekker, of anderszins vitalisties geoccupeerde medemens Francis Pancake, in een geïmproviseerd bed, half blootgewoeld, wat hij wel niet zal merken, want zijn roes duurt al ongeveer een halve week, maar ik dek hem in ieder geval teder toe. Ik rijd de HMW uit de lege serre beneden naar buiten, en warm daarna mijn handschoenen in de hal op de grote haard, die ik helemaal vergeten was, maar die nog steeds in gloed blijkt te verkeren. Pas als ik een paar minuten buiten ben, en zelfs de wellevendheid heb gehad om mijn voertuig de slotvijver langs, het slotpark uit, en tenslotte een eind de beukenlaan op te duwen alvorens te beginnen te proberen de motor aan te laten slaan, merk ik hoe ongehoord koud het is. Ik heb een vaag vermoeden van de ontberingen die me wachten, maar meer nog niet. De motor slaat na een paar keer trappen aan, ik rijd weg, en na een paar minuten word ik gewaar, wat ik begonnen ben: mijn jek is te kort, evenals mijn truien, zodat mijn buik en mijn Geheime Delen onvoldoende beschut worden, en mijn voeten, in suède schoenen die aan de krappe kant zijn zodat ik er geen dikke sokken in kan dragen, koelen snel af. Mijn handen zijn, in geleende en iets te nauwe handschoenen, al niet behoorlijk soepel meer. Ik houd in de kom van de gemeente vaart in bij een sigarenwinkel, waar ik in het pieterige ochtendlicht iets als een thermometer zie glimmen. Min dertien graden, zegt het ding. Misschien is het toestel op een kermis gewonnen of, in ruil voor gespaarde zegels, bij oneetbare pudding verworven, en daarom onzuiver van registratie, maar veel kan het niet schelen. Zal ik omkeren? Ik kan natuurlijk terug. Vroeger, in mijn Grijze Periode, voordat het Zwart en het Violet aan bod kwamen, was ik dol op de ochtenden na feesten – een grenzenloze nieuwsgierigheid naar de werkelijke afmetingen en kleuren van de kamer bij daglicht, naar de bestorven geur van honderden sigarettenpeukjes en van as in drinkglazen; naar het raadsel van de tien, twaalf, slechts voor een kwart opgerookte sigaretten, van de zo summier, als slechts door een muis, aangebeten gebakjes, van de onbegrijpelijke tekeningen op de achterkanten van doosjes of op de marges van krantepaginaas. Bovendien een soort ijle, hypersensitieve opgewektheid, en een door een kater op een of andere wijze gesteunde gevatheid en ongewoon trefzekere, uiterst sombere geestigheid, wellicht begunstigd door de koude van de eerste uren voordat de verwarmingsmiddelen effekt hebben; het troosteloze bakken van eieren, met zeer zuinige rantsoenering van het spek, omdat dit tijdens de nachtelijke raids op trommels en provisieblikken tot krap 115 gram in totaal is gereduceerd. Een sterke, bijna seksuele neiging ook tot het gedienstig helpen afruimen en afwassen, waarna, tussen twaalf uur smiddags en één uur, het hernieuwde hijsen, eerst aarzelend, met alleen sherry of martini's, vervolgens onbeschaamd en met onversneden drank, een aanvang neemt. (Daarbij wordt er telkens opgebeld, maar de verbinding blijkt iedere keer alweer verbroken als men de hoorn opneemt; er vertoont zich een eekhoorn; een eend met één poot wordt door de andere Watervogels weggejaagd; een jongen van 22, met laarzen aan, is al voorbij voordat men hem goed heeft kunnen zien: en het bestaan is niets anders dan kommer, zonder dat je je daardoor meer verbonden kunt voelen met de personen die in dit, door de namiddagzon geluidloos gemaakte wachtportaal van de Dood, met je samenhokken, want, integendeel, vind je ze lelijk, onrein van hoofdhaar en mond, en meen je zelfs dat ze een kwalijke lucht verspreiden, al ben je hier niet voor de volle honderd procent zeker van, aangezien je niet durft te kijken, welke schade de bij het ochtendgloren – als het saluutschot te Hammerfjest – roekeloos afgevuurde flatulentie op het eigen lichaam heeft aangericht.) Zo is het, alles bij wijze van spreken alweer, en schetsmatig, dat wil zeggen tot nadere, individuele uitwerking aangegeven. Christus Koning. Alleen al de pijn in mijn handen en voeten zou een aanvaardbare reden zijn om terug te keren, maar, zo koud als het is, doortrilt me bij die gedachte reeds een grimmige woede: ik zal de tocht volbrengen, welke ook de gevolgen mogen zijn – ze zullen me leren kennen! Wie die 'ze' dan wel zijn, die overweging laat ik maar niet toe, maar ik wens 'ze' in elk geval, ongezien, allemaal 'de bloedkanker achter hun hart, dat de dokter lang te zoeken heeft'. Het meest echter richt zich mijn woede wel tegen Wimie, die op dit ogenblik in een weliswaar zonder twijfel onnoemelijk treurige, maar in ieder geval behoorlijk verwarmde huurkamer, in een overspelig bed ligt te stinken, terwijl ik hier bevries, en straks, bevangen van de kou, verongelukken zal en pas uren later gevonden worden, waarbij men eerst niet eens weet vast te stellen wie ik ben omdat ik geen enkel papier op me heb, maar tenslotte zal hem het bericht bereiken, waarna hij spijt zal hebben, etc. Hij moet uren lang afgeranseld, tot bewusteloosheid gemarteld worden, enzovoorts. Al deze overwegingen doen mij natuurlijk, terwijl ik de laatste laan voor de rijksweg afraas, het gas wijd open zetten, maar vervagen niet mijn blik: ik zie dan ook terstond, dat er iets ongewoons ligt aan de wegrand, stop, en loop terug om te kijken. Het is een haas of konijn, kennelijk geraakt door een auto, de kop een beetje ingedeukt, de poten in de ijskast van Moeder Natuur al hard geworden, de buik nog een beetje lauw. De afmetingen zijn onge-

64

hoord groot: uitgestrekt is het dier langer nog dan mijn arm. Zo blijkt weer, hoe wijs mijn besluit geweest is, en hoe een Ondoorgrondelijke Orde, een Geheime Rechtvaardigheid mag men wel zeggen, aan al het bestaande en gebeurende ten grondslag ligt, hoeveel liederlijke en uitsluitend voor vermaak en laag zingenot levende lieden het mij zouden willen opstrijden: God is Liefde. Ik bind het pluimveelijkje op mijn bagagerek, en zwenk tevreden de rijksweg op, dankbaar overwegende hoeveel Fraaie Voorwerpen ik in mijn leven al gevonden heb, vooral op vuilnisbakken, en nog steeds, op zijn minst wekelijks, vind: paraplu's; vingerplanten; eetkamerporselein; een drietal ingelijste litho's voorstellende respectievelijk *Het Net Wordt Uitgeworpen, Volle Manden,* en *Een Gebed Van Dank*; een Engelse sleutel; een doos met 288 plastic dameshakjes; vogelkooien van velerlei soort en grootte; een werkbroek van oersterke, stellig buitenlandse stof, waarin slechts de gulp-ritssluiting behoeft te worden vervangen; een tijdloze – want uit plastic hulst en bessen vervaardigde – kerstkrans; antieke spiegellijsten; glazen, geslepen inktpotten; olielampen; Keulse potten; een achter bol glas ingelijste, gekruisigde Verlosser; diverse mandflessen; een gemakkelijk te repareren stoommachine; zes irrigators; een cither; stroken wit marmer; broekriemen; speelgoedpakhuizen; een onbeschadigde kaleidoskoop; een prachtige weekeindtas met geen ander gebrek dan één losgeraakt hengsel; een koperen carbidlantaren. Maar na de vondst van deze morgen mag ik vandaag niets meer verwachten, zeker niet op deze grafzerk van Bussum naar Amsterdam. Ik probeer met vol gas, op maximum snelheid te rijden, maar dit is maar gedurende zes à zeven minuten vol te houden, waarna ik telkens moet afstappen, mijn handschoenen op de uitlaat van de stationnair doorlopende motor leggen, mijn handen onder mijn oksels steken, en vloekend, door springen en rondrennen, de pijn uit mijn voeten proberen te drijven. Stel eens dat hier – ik bevind me op een zeer eenzaam stuk, in de buurt van garage De Wegman – een band, de bougie, of de benzineleiding het begeeft? Ik krijg, bij de voorstelling alleen al, een halve ereksie van angst. Je zal ze zien kijken, de mensen bij wie ik dan, na een half uur zeulen, zou aanbellen, om half acht op de zondagmorgen, die eerst zullen denken dat je ze komt vermoorden, en je dan mokkend binnenlaten, waar je eigenlijk niks aan hebt, want de kachel moet nog aangemaakt, maar dat merk je pas als je al in de huiskamer staat die naar veen ruikt en waar een hond, met een ziekte op zijn rug, tegen de schoorsteen ligt; en waar een, wat de onbedekte gedeelten van zijn lichaam betreft, voornamelijk uit mee-eters bestaande man, van wie het je verbaast dat hij in een stenen huis woont, zich, om te kijken of aanmaken mogelijk is, kreunend voor de kachel voorover zal buigen, waarbij zich een heel ziekenfonds aan de atmosfeer mededeelt, terwijl zijn zeven en dertigjarige dochter met snor, die de helft van haar tanden al kwijt is, in een onbegrijpelijk dialect, door geweldig luid geschreeuw, probeert iets mede te delen of te vragen aan een wezen in een belendend vertrek, vast en zeker de half bedlegerige vrouw des huizes, van wie je bidt dat God de binnenkomst moge verhinderen (hoewel de felste angst die is voor benadering door de hond, welk een hartstochtelijk dierenvriend je ook bent, want de Aandoening, ongeneeslijk want nog onbekend en door een Manke Arend naar onze luchtstreken overgebracht, zal de stof van je broekspijpen verteren, de huid van je bovenbenen in korte tijd doen oplossen in een glazig slijm en daarna Zak en Teelballen aantasten, waarin grote gaten gevreten zullen worden – als ik het, op de te-

66

rugweg pas, merk, zal de Ziekte, die geen onderscheid kent tussen organiese en anorganiese substantie, reeds in de bromfiets zelf zijn doorgedrongen, zodat het half weggesmolten frame opeens onder me zal doorzakken en mijn lichaam, misschien nog een klein half uur herkenbaar als menselijke vorm, neergesmakt zal worden op het plaveisel.)

Maar de motor blijft feilloos funksionneren, en ik haal Muiden, Diemen; ik open eindelijk, wankelend, de deur van de stalling, en wandel even later, trots het gevonden wild meedragend, naar mijn woning, waarvan ik bij het betreden met voldoening vaststel, dat zij niet naar veen ruikt, maar, integendeel, de gewone, vertrouwde apenlucht bevat.

Binnen heerst de stilte die bezielt, net wat ik zeg. Ik zou me, nu de oliehaard op volle kracht brandt, en Denise en Justine zich, hun armpjes om elkaars hals geslagen, vlak voor het kachelruitje op de vloer hebben neergevlijd, zo niet gelukkig, dan althans toch, tot op zekere hoogte, voldaan moeten voelen. Maar neen. Wat het is, God mag het weten. De vraag, of het rechtvaardig is dat, ja, hoe het mogelijk is dat een enkel mensenhart zoveel treurigheid tegelijk te torsen krijgt, is gemakkelijker gesteld dan beantwoord. Was Wimie maar weer terug, ruzies of geen ruzies. Zinloze golven van ergernis en woede jagen door mij heen. Niet meer reageren als er gebeld wordt, dat is het eerste; geen telefoon meer aannemen; alle post ongezien verscheuren; zestien dagen lang vasten of althans alleen rauwe kool eten; een liter bloed aftappen om de Boze Sappen af te voeren en de Gestellen de gelegenheid te geven zich te hergroeperen – precies, zo is het! Niemand meer over de vloer hier, weg, er uit, al dat tuig, wat denken ze wel, dat het hier een gratis café is? Niet meer dat gelul over niets, avonden en middagen lang – ik heb geen tijd meer voor al hun hengsterijen en procedures over de eigendom van een halfblind schaap. Wie niet tevreden is, moet zich ophangen. Zo is het en niet anders: ik heb altijd al veel te weinig bezoekers de deur uitgewerkt, eigenlijk, als ik ga af-tellen, misschien maar een stuk of vijf, zes, en dan nog na-dat ik me tot een paroksisme, een woordloze zoeming van razernij had opgewerkt. Om te beginnen Mejuffrouw Y., bij Wimie wekster van zulk een trillende haat, misschien wel omdat ze nota bene door zijn toedoen hier over de vloer begon te komen, dat er geen twijfel aan kan bestaan of haar gezondheid moet er draadloos onder hebben gele-den. De onze hield, waarschijnlijk door goddelijke kracht en bijstand, jaren lang haar bezoeken, twee maal per week, in lunchtijd, uit, als ze langs kwam om ons te ver-tellen dat ze niet wist hoe een stekker en een stopkontakt in elkaar zaten, dat haar bril waarschijnlijk niet krachtig genoeg meer was maar dat aanschaffing van betere len-zen misschien haar ogen juist zwakker zou maken (zo dit mogelijk ware – noot van schrijver), hoe ze telkens weer, met nimmer falende regelmaat, in winkels ondergewicht, rot fruit, een te kort elektries snoer, een drol inplaats van een komkommer, een vaasje met een barst, een verstopt zandlopertje, te nauwe schoenen, een boek met een ont-brekende katern, een lunchkaasje met een fistel er in, of een tas met een slotje, dat, eenmaal gesloten, niet meer open wilde, geleverd had gekregen, de kroon op al deze ellende tot stand gebracht in lijn 25, waar uit haar handtas-je haar gehele kapitaal, zegge ƒ 324,–, werd gerold, want al had ze meer dan tien jaar op diverse kantoren gewerkt, dat men geld, behalve in een doosje of een tas stoppen, ook op een giro- of bankrekening kon zetten, dat had ze nim-mer tot zich laten doordringen. (Dat de zakkenroller ook haar sleutels en kennelijk ook brieven of andere papieren, met haar adres er op, bemachtigde, en dezelfde week, haar onveranderd slot openend, nog eens 23 gulden uit haar kamer haalde, is meer een toegift.)

Daarvóór al vond de verwijdering van de, eerder genoemde, toverdokter plaats, wiens bezoeken te storend en te tijdrovend werden, vooral toen hij in onze woning een zenuwinstorting beliefde te krijgen, iedereen met ontzag en angst voor een mogelijke wanhoopsdaad zijnerzijds vervulde en voor hem in het geweer wist te brengen, maar tenslotte, toen ongeveer 12 uur na ons alarm de GGD kwam, zich alweer monter te voet op weg naar huis bevond, omdat er nog dezelfde avond aan zijn adres 'cameramensen zouden komen om een film over hem te maken'. Wim beviel dit, bepaald zenuwslopend, evenement bizonder weinig, des te meer omdat onze Wimie een uiterst gezond, op de verwijdering en vernietiging van alles wat niet levenskrachtig is, gericht instinkt bezit, dat ik hem dikwijls heb benijd, evenals zijn vermogen om iemand, van wie hij in de eerste dagen der kennismaking bloedgeil is, in een handomdraai, met bewonderenswaardige koelbloedigheid, in ongenade te laten vallen, zoals bijvoorbeeld de nu eveneens buiten de deur gehouden, jonge, halfdebiele volksduitser L., door Wim, verhit van een feestje huiswaarts tijgend, des nachts om vier uur in deze buurt gevonden en meegenomen, welke blomme een tale sprak waarbij die van Professor Prlwytzkofsky in *Heer Bommel En De Grauwe Razer* in het niet verzonk, en die ons nog lang heeft achtervolgd, vooral omdat hij, voor bezoeken overdag, gunstige werktijden had; totdat wij pienter genoeg waren om hem een bepaald aantal malen schellen voor te schrijven, zodat wij wisten dat hij het was, wat opendoen betrof, dat wil zeggen niet opendoen bedoel ik.

Maar de rest ook – iedereen moet er uit! Dan pas kunnen licht en lucht vrij toetreden. De 22-jarige jongeheer R. ook, gemakshalve 'de blauwe' genoemd, die mij door zijn tedere bemoeiachtigheid, zijn ijverzucht en zijn tirannie periodieke woedeuitbarstingen bezorgt, maar mij daarna toch weer vertedert, omdat hij zijn slanke lijfje altijd zo onberispelijk en elegant kleedt, zo fris en schoon is op zijn huidje, en altijd naar de allerbeste zeep en odeklonje ruikt, en bovendien zo fraai theeroosjes of blauwe druifjes in heel kleine vaasjes weet te schikken, werkelijk verbijsterend mooi kan twisten, en ook een aardige hand van koken heeft, wat als vaardigheid meegenomen is, al kan het zijn gebrek aan humor niet goedmaken. (Op opmerkingen als 'Ik heb hier gisteren twee rijksdaalders neergelegd, en nou zijn ze weg – jij hebt ze toch niet per ongeluk gisteren bij je gestoken?' gaat hij, stotterend en bijna schreiend van woede, onveranderlijk in.) Nu ja, misschien mag hij toch blijven komen, vooral omdat hij goed voor de katten zorgt als ik de stad uit moet, en dat is ook wat waard – maar hij mag hier niet meer verschijnen met zonnebril op, beslis ik – dan sla ik hem zijn hersens in, etc.

Als Justine echter in al haar schoonheid van acht maanden oud, driekwart Siamees huisdier, luid roepend, op mijn knie is komen zitten, geloof ik weer gedeeltelijk in het leven, in ieder geval in God, want dit voortreffelijk dier moet door een Oneindige Geest ontworpen zijn.

Ik ga het wild nog eens bekijken, dat ik maar zo lang op de overloop op de vloer heb gelegd, en begin tevreden te neuriën, al zie ik op tegen het karwei van het stropen, dat ik vroeg of laat zelf zal moeten doen, en waarin ik niet de geringste ervaring bezit. Dan ga ik me, half in gedachten verzonken, netjes aankleden. Het is heel wat gemakkelijker ergens over te praten dan er over te schrijven, daar kunnen we het over eens zijn. Welnu, als men dan bedenkt, dat ik er nog nooit, ondanks mijn soms zware en eerlijke inspanningen, in geslaagd ben met enig ander mens een verstandig woord te wisselen terzake van wat ik mijn religie noem, dan zult u het mij waarschijnlijk niet euvel duiden, als ik in het hierna volgende ervan afzie, te proberen ook maar iets nader uit te leggen. De mensen begrijpen me niet, verdomd, het is nog waar ook. Maar misschien zou alles, als ze me wel begrepen, nog erger zijn.

Zo afzichtelijk het kortelings door mij beschreven kerkje in of vlak bij de grens van Schotland was, zo lieflijk is dit bedehuisje, het enige kerkje dat ik ken, waar men, naar keuze, zaal, frontbalkon, eerste en tweede gaanderij kan zitten, en dat iets zo gezelligs heeft, dat men er wel in zou willen wonen. Beneden, bij de ingang, tref ik A., die, opgewekt als altijd en onbewust van het feit dat ook hij nog geen uur geleden tot de veroordeelde troep van de deur uitgetrapte lastmakers behoorde, zich met mij naar de eerste gaanderij, tot vlak boven het altaar, begeeft. Hij voelt zich aangetrokken tot het katholieke geloof, maar zulks, naar mijn ernstige verdenking, alleen maar wegens de fraaie kleuren der kardinaalsgewaden, het nog steeds nogal autoritaire karakter van het hele getimmerte en het feit, dat de paus op een stoel met een draagbaar dak boven zijn kop wordt rondgezeuld, wat kennelijk tot zijn luie verbeelding spreekt. Ik heb hem ongeveer een jaar geleden op een bijeenkomst van een, evenals deze missen, onder de leiding van Vader X. staand katholiek kultureel genootschap ontmoet, waar hij mij terstond opviel, aangezien van Vader X. zijn kudde, volgens mijn schatting, slechts $11 \frac{1}{4}\%$ de reeds eerder genoemde Beginselen omhelst; op welke samenkomst goede wijn tegen de civiele prijs van slechts *f* 2,50 per liter werd verstrekt, zodat ik mijzelf zowel als hem – die ik aan mijn tafeltje had genood – spoedig strontzat had gevoerd, wat alweer niemand scheen te storen, aangezien de aanhangers van het Ware Geloof misschien op velerlei gebied niet, maar op dat van de alcohol wèl de tolerantie zelf zijn, en jenever en echte, dure cognac naar binnen weten te klokken gelijk de Rus zijn wodka. (Een moeder van jonge kinderen, in een woningbouwverenigingflat, op klaarlichte dag, uit een duidelijk achter glas in lood zichtbare voorraad, schenkt haar gasten vier borrels bij de koffie, om goed elf uur in de ochtend, ik geef maar een voorbeeld, en dat is geen napraten of een afkeurenswaardige poging om mijzelf belangrijk te maken, maar iets dat ik zelf heb meegemaakt; jammer dat je er dik van wordt.)

Als Vader X. met zijn misdienaars binnentreedt, verbaas ik me weer, als altijd, over zijn gezicht: aan alles merk je, dat hij de zaak, zo goed als op het tobberige af, doodernstig neemt. Van de misdienaars vind ik er maar één, en die nog maar in heel beperkte mate, aantrekkelijk, want zijn kop is hard op weg, te dik te worden. (Zie boven.) Toch begin ik in een opperbeste stemming te komen. Aan mijn eukumeniese gezindheid behoeft niet getwijfeld te worden, maar bij een protestantse dienst word ik dol van verveling, krijg ik een droge keel en overvallen mij lichte duizelingen, terwijl ik daarentegen van een katholieke mis, tenminste als hij niet te idioot lang is uitgesmeerd, heel aardig opkikker, en seksueel weldadig geprikkeld word. Ziehier weer een van de met religie, althans voor mij, onlosmakelijk verbonden onderwerpen, waarover het mij niet gelukt is met anderen mondeling met enige vrucht van gedachten te wisselen. Boswell, in zijn *London Journal* geloof ik, beklaagt zich en maakt zich zorgen over het feit dat hij in de kerk, juist als hij de vroomste gedachten heeft, het geilste naar de dames kijkt. Een soortgelijk verschijnsel, *mutatis mutandis* dan, neem ik bij mezelf waar, maar ik vind het iets vanzelfsprekends, waarover beklag of zorg mij absurd voorkomen. Nimmer dorst ik meer naar hem die is, was en zijn zal, en wiens terugkeer, in de komende Wereldtijd, ik geduldig afwacht, dan wanneer mijn stuk op scherp staat. Maar, tot mijn stomme verbazing, zien eigenlijk alle mensen hier een tegenstrijdigheid, terwijl mij het opeten van de Godheid nog niet genoeg is, en ik paring met tot lichaam van de Godmens geconsacreerde priesters en priesteressen zou voorstaan, al ben ik bereid in te zien, dat het huidig Rooms concilie een en ander nog niet afdoend zal weten te regelen. Maar soms word ik heel treurig, en zou wel alle communicatie willen opgeven, als ik tal van mensen tegenkom, die in alle oprechtheid menen, dat *Een Nieuw Paaslied* als atheïsties spotvers is bedoeld.

Vader X. zijn predikatie, over het Mysterie In Alle Dingen, mag er zijn, en is vandaag bepaald geïnspireerd, zo zeer zelfs, dat ik niet eens meer hoor dat hij steeds *ken* en *kennen* zegt als hij *kan* en *kunnen* bedoelt. Meestal is zijn betoog wel origineel, al moet gezegd worden dat hij, soms, zijn conceptie met te veel attributen uitbreidt en Plato, Newton, Sartre en nog wat meer Joden en vrijmetselaars bijeenwerpt om tenslotte, nadat een doek over de kom geworpen en een kind op het toneel geroepen is, met een knal een beroete, maar gave Verlosser uit de rook te laten opstijgen. Als na zijn getuigenis iemand, bij een allerteederste begeleiding van het orgel, op het balkon een cellosonate, vermoedelijk van Händel, speelt, terwijl ik door de hoge ramen uitzie over de daken van de oude stad onder de vrieshemel, begin ik bijna te janken: alle kans dat ik een sadist ben – in ieder geval kan ik geen dierenleed verdragen, dus in zoverre klopt het. God is erg eenzaam, bedenk ik bijna in tranen. Maar zulke dingen kun je beter voor je houden. (Zoals mensen met schrik hun stoelen achteruit schoven, toen ik eens, meer als een opmerking, mededeelde dat ik naar de Nachtmis en de Paasvigilie ga, omdat God anders misschien niet geboren wordt, respectievelijk niet verrijst, en ik dat niet op mijn geweten wil hebben. Men houdt zoiets voor hoogmoed.)

Zelden heb ik de golvende, wiegende zang van het Credo met zoveel overgave meegezongen als juist nu, terwijl ik op de Donkerblonde Jongen, naar A. meent te weten een schilder of beeldhouwer, die, geknield achter de klapstoelen van de elfde rij op de begane grond, zijn gulzige, vooruitstekende lippen vol ingetogen overgave beweegt, mijn dagdromende sprong, van de gaanderij af, overweeg, een offerdaad met slechts driekwart sekonde om in de lucht klaar te komen, zinlozer dan ook dan de vernietiging van de bidsprinkhaan of het andere, krabachtig wezen dat zich door de aanbedene moet laten verslinden. Overal is wat, zeg ik maar. (Zo is voor mij de spanning die aan de communie voorafgaat niet denkbaar zonder de schier onbedwingbare neiging om, over de balustrade gebogen, na lang richten precies in de miskelk te spugen, en kan ik het niet helpen, dat ik de hoofdletters, om het rechte kruis op de Byzantijnse priesterhostie, als ST/EM/TK/VP lees. Zonderlinge aanvechtingen, misschien verwant aan mijn jarenlang, welhaast ontembaar verlangen, om elke brief aan autoriteiten te beginnen met de aanhef 'Oude Muis!', of om bij Simon de Wit mijn lul te laten zien, etcetera en ad infinitum. Rare dingen; enfin, baat het niet, het schaadt ook niet, moeten we maar denken.)

De ergste momenten zijn die, wanneer je aan de geldigheid van de grote symbolen niet twijfelt, maar ze je tegelijkertijd eigenlijk niets meer zeggen: thuis, even later, als ondanks A.'s welwillende assistentie het villen van de haas (want het is een haas, heeft A. uit de oorlengte geconcludeerd) de keuken in een bloedbad omtovert, kleren bedorven worden, de ijskast volgekleefd zit met hazewol, het pluis tot in je haren hangt en ik – zonderlinge wegen der emotie – een dolle woede jegens Wimie voel opkomen omdat deze geen haas, konijn, gevogelte, andere Kleine Dieren, of vis eet, kan ik de gedachten van de hertogin uit Ramon Sender's *De Tuinman en De Koningin*, op het nachtelijk balkon, zo goed begrijpen: 'Nu ja: goed, kwaad, leven, dood, Gij en Uw Eeuwigheid, dat is allemaal goed en wel, maar wat dan nog?'

Brief Uit Camden Town

Camden Town, Londen, maandagmorgen 10 december 1962.
Ik ben eergisteravond met de boottrein gearriveerd, en
heb hier dus pas goed anderhalf etmaal vertoefd, maar in
die korte spanne tijds heb ik reeds een grote *party* bijgewoond, allerlei dieren in de zoölogiese tuin bekeken, en in
totaal een avond, een hele middag en vervolgens nog weer
een avond, in Wimie zijn nabijheid doorgebracht, kortom, ik zou van 'te veel om op te noemen' kunnen spreken,
tenminste als ik het mezelf gemakkelijk wenste te maken;
ik zal echter, zo niet voor het nageslacht, dan toch voor
dit ongelovig geslacht temidden waarvan ik veroordeeld
ben te leven, van een en ander een nauwgezet verslag, zo
getrouw aan de waarheid als mijn karakter maar toelaat,
proberen uit te brengen; in welk voornemen ik minder
aangemoedigd word door een Innerlijke Drift, of Creatie-
ve Noodzaak, dan wel door de overweging, dat de uitgever
van dit door op zijn minst zevenhonderd personen gelezen
blad, het honorarium met 31/2 gulden per pagina heeft verhoogd, welke kans ik wil waarnemen, daarbij opmerkend
dat, wat de drijfveren tot schrijven aangaat, die van Geld
misschien wel de enige eerlijke en fatsoenlijke overweging
is. (Wat dat betreft, ben ik het hartgrondig met Simon Ra-
ven eens, wiens opmerking, tijdens de *Writers Conference*
in Edinburgh, op de zittingsdag gewijd aan commitment,
ik in mijn desbetreffende reisbrief verzuimd heb te ver-

melden: hij zei, dat het waarschijnlijk preutsheid en huichelarij waren geweest, die zovele sprekers tot dusver het onderwerp geld hadden doen vermijden; dat hij in elk geval voor geld schreef en daarom zijn werk zo veel mogelijk aanpaste aan de eisen van het best betalende tijdschrift; en tenslotte, dat we, naar zijn mening, allen beschouwd konden worden als *committed to money, and, ultimately, to death*.)

Wie de dagreis, per trein, boot en dan weer de trein, van Amsterdam naar Londen, zou kunnen beschrijven zonder dat de lezer ziek wordt van verveling, lijkt me een genie. Ik kan moeilijk geloven, dat er ergens ter wereld een stompzinniger trajekt bestaat, dat bovendien in zo weinig tijd een reiziger zo volledig weet uit te putten. Al ben ik een Boogschutter, mijn ascendant, de schuchtere en gevoelige Kreeft, maakt dat ik allerminst geschikt ben voor reizen, en de nacht vóór mijn vertrek zelden een oog dichtdoe. Als er niet iemand in mijn omgeving kalmerend optreedt, word ik bij het bagage inpakken en reispapieren gereed leggen al half gek. Al is er niets te bedenken, dat een behouden aankomst in de weg zou staan, mij lijkt de waarschijnlijkheid ervan elke keer zo gering en zo kwetsbaar, dat ik er niet eens aan durf te denken, om niet daardoor de gevaren van het verliezen of beroofd worden van geld, bagage of paspoort, van het gewond raken, gearresteerd worden, of van het in een vlaag van ruimteangst, door niemand opgemerkt, over boord springen, verhevigd op te roepen. Ik kom dan ook onveranderlijk met holle ogen, tot het uiterste gespannen gelaatsspieren, en een samengesnoerde maag, op de plaats van bestemming aan: vandaar dat afhalers altijd vinden dat ik er 'geweldig goed uitzie'.

Daarbij heb ik het in het geheel niet begrepen op Lucht-, noch op Waterschepen, welke laatste een dwingende, geilmakende magie op me uitoefenen, maar me tegelijkertijd angst aanjagen zodat ik, als resultaat, aan boord voortdurend beheerst word door een weliswaar gematigde, maar energieverslindende vervolgingswaan. Ik hoop dat het u hierna voldoende duidelijk is, dat ik reis om ergens te komen, en geenszins om het genot van de verplaatsing. Als God eenmaal 'alles in allen' zal zijn, moet dat volgens mij inhouden dat iedereen zich binnen beloopbare afstand zal bevinden, zodat je, bij wijze van spreken, nergens meer naar toe hoeft – dat zal nog het verbazingwekkendste zijn van wat we, bij de opheffing van onze gescheidenheid van Hem, te zien zullen krijgen: het Koninkrijk Gods zal verrassend dorps zijn opgezet, en niet veel groter zijn dan Schoorl; windstil weer; babbeltje maken; man rookt pijp aan achterdeur, kijkt naar lucht, enzovoorts. Vrede, geen ruzie: er is al zoveel narigheid in de wereld. Ik bedoel maar.

We gaan verder. De vraag, die zich nu opdringt, luidt: waarom ik me dan met mijn zieke lichaam op reis heb begeven? Welnu, ik ga, volgens een traditie, één, soms twee maal per jaar naar Engeland, om bij mijn Londense vriend P. te logeren – met wie ik in 1953 kennis maakte en wiens eerste vraag, als ik hem later, gedurende mijn moeilijke jaren in Londen, kwam opzoeken, altijd luidde: 'Have you eaten?' een vraag die gewoonlijk bij weinig andere mensen opkomt – , zoals hij, ook tenminste éénmaal 's jaars, bij ons in Amsterdam pleegt te komen logeren. (Er was al een stoutmoedig plan gemaakt, volgens hetwelk wij beiden, P. en ik dus, na afloop van mijn verblijf samen met de dagboot van Engeland naar Nederland terug zouden reizen, samen in Amsterdam een Kerstboom zouden kopen en optuigen, etc., welk plan helaas niet zal doorgaan, die reis samen bedoel ik dan, waarvan ik me veel voorstelde, dat wil zeggen van het samen de hele bootreis Canasta spelen aan een tafeltje en enorm oudehoeren, en maar jenever bedachtzaam de slokdarm binnen gieten, weer of geen weer; je moet met zijn tweeën zijn, dat je aan elkaars gezelschap tenminste nog een beetje troost hebt, dat is wat ik altijd zeg; P. is trouwens dol op jenever, die hij, geloof ik, onmiddellijk volgend op cognac, het fijnste drinken op aarde vindt en waarvan hij, in Amsterdam, altijd een drinkglas vol als nachtmuts mee naar bed neemt. Maar de overweging die de doorslag heeft gegeven voor mijn vertrek, is een brief van Wimie (die schat), waarin deze te kennen heeft gegeven naar mij en naar huis terug te verlangen, en een Topgesprek te wensen. Meer zeg ik maar niet, slot op mijn mond, tenslotte zijn het allemaal Intieme Dingen, die niemand anders aangaan. De laatste paar dagen vóór mijn vertrek zijn in vreselijke onrust verlopen, in stemmingen fluctuerend van gedachten aan zelfmoord tot de zonderlingste, bijna mystieke euphorieën. (Ik maak mezelf gek, is wel eens opgemerkt, en daar zit wat in.)

Wimie zal me afhalen van Liverpool Street Station, dan wel zorgen, dat daar iemand anders op me staat te wachten, heeft hij me geschreven. Ik reken er op, dat hij het zelf zal zijn, en de eerste forse aanvreting van mijn zenuwen begint als ik in Harwich, met niet zo heel veel tijd meer vóór het vertrek van de trein, merk dat ik me in de tijd heb vergist: ik heb mijn aankomst in Londen een uur te laat opgegeven, en hoe kan ik dat nog corrigeren – Wim eet vandaag bij mensen van wie ik het telefoonnummer niet weet, en bovendien is hij op dit ogenblik bijna zeker onderweg naar ze toe. Ik zal P. opbellen, beslis ik, die weet in elk geval dat telefoonnummer, en zal verder stellig proberen, te doen wat hij kan. In de telefooncel blijk ik het juiste zilvergeld niet bij me te hebben – gelukkig blijft de telefoniste onder mijn gehakkel doodkalm, en legt ze mij precies uit, welke munten ik moet gaan zien te bemachtigen. Ik ga de trein in en probeer met passagiers te wisselen. Dit levert slechts onvolledige resultaten op, zodat ik naar de stationsrestauratie moet om een kop thee te kopen, omdat ik niet alleen maar om wisselgeld durf te vragen. De thee durf ik niet onmiddellijk te laten staan, en ik probeer waarachtig nog, zo gloeiend als hij is, ervan te proeven. Dan sluip ik behoedzaam weg en haast mij, eenmaal buiten, weer naar de telefooncel. (Kruiers en de perronchef kijken bevreemd naar me, maar dat zal ik me pas later realiseren.) Het lukt, zo maar opeens, en in een paar sekonden heb ik P. in Londen aan de telefoon. (Niet eens zachtjes, hoewel het zeker honderd kilometer ver is.) Wim heeft hèm aangezocht, mij af te halen, want de aanvangstijd van het diner valt omstreeks het door mij opgegeven tijdstip en 'de afspraak is al zo lang geleden gemaakt'. De verkeerde tijd kan ik nu meteen rechtzetten, dat is een hele geruststelling, maar ik word tevens diep bedroefd, dat Wimie geen regelingen heeft willen treffen, of mensen afzeggen, om zelf naar het station te kunnen komen. Ik laat echter van mijn teleurstelling aan P. niets blijken, corrigeer dus de aankomsttijd, druk hem nog voor alle zekerheid op het hart in elk geval Enquiries te bellen, en hang op. Zo, dat heb ik tenminste geregeld, en er zijn zelfs nog tien minuten over, stel ik vast, dat wil zeggen, denk ik: ik draai de kruk van de ouderwetse wagondeur om, stap in, en op het moment dat mijn beide voeten op de vloer van het balkon staan, begint de trein te rijden. Je zou een voldoend gezonde zielsstruktuur moeten hebben om hierbij grinnikend je schouders op te kunnen halen – inderdaad, waarom moet je je opwinden over het feit dat je de trein tenslotte niet gemist, maar gehaald hebt, waar

80

het toch om ging? Ja, iedereen heeft gemakkelijk praten, maar je raakt dit soort dingen, gruwelijke zaken, met geen macht ter wereld kwijt. Nu ja, ik bedenk dat ik tenminste voor Wim drie pakjes zware shag meer dan het toegestane kwantum door de douane heb gesleept, maar die vreugde wordt getemperd door de ergernis, dat het er geen twaalf zijn geweest, of twintig, wat even gemakkelijk had gekund: zo gaan ze maar door, die malende, in knarsing ronddraaiende gedachten, waar niemand een snede droog brood aan verdient, maar die verreweg het grootste deel van het menselijk bestaan schijnen uit te maken. Mooie dingen, ja, denk daar trouwens maar eens aan in een Engelse trein, waarin de Britse smaak – vooral wat de toepassing van gebloemd groen pluche betreft – heel wat overtreft, en waarin je, voor de zoveelste keer maar toch weer met verbazing, ziet dat de kop, waarin je je koffie ingeschonken krijgt, niet behoorlijk is afgewassen; veel kan het me niet schelen, overigens, maar ik vind het toch, om het populair te zeggen, een raar idee. Maar de Sartriaanse verlichting van sommige rijtuigen, waar je doorheen moet als je gaat wateren, ik weet niet precies uit welke periode, die is bepaald een vondst – wie die heeft ontworpen, verdient van de geschiedenis een bescheiden lauwerkrans te ontvangen.

Ik luister altijd naar gesprekken in treinen, dat wil zeggen niet uit vrije wil, of omdat ik het zo leerzaam zou vinden dat een Scheppend Kunstenaar Naar De Mensen Weet Te Luisteren (van de illusie dat je op die manier ooit een mededeling zoudt kunnen opvangen die het overwegen gedurende langer dan acht sekonden waard zou zijn, ben ik allang af), maar omdat ik eenvoudigweg gebiologeerd ben, en nu eenmaal gedwongen word, zelfs als men ternauwernood van een gedachtenwisseling kan spreken, elk woord te registreren tot ik bijna begin te kreunen. Niet

ver van mij af, om de bagagetafel van hun compartimen-
tje heen, (want het is het bepaalde soort treinrijtuig dat,
wie Engeland bezocht heeft, wel kent, en waarin zich, inplaats van de kleine, opklapbare tableautjes, zoals bij ons,
enorme, gefixeerde tafels tussen de zitplaatsen bevinden,
misschien vroeger als eettafels gebruikt toen men meer en
vaker at en treinreizen meer een luxe waren, maar thans
door iedereen gebruikt om er bagage op neer te zetten) zit
de Onbekende Opgejaagde Familie, die nimmer, behalve
aan die 'laatste smalle ree, van hout en zand', vrede zal
vinden, dat kun je aan de bagage wel zien: golfkartonnen
dozen, papieren koffers met aan één kant, waar het slotje
er af is, een touw er omheen gesnoerd, een gebreide tas
waarvan het handvat is vervangen en waaruit het oranje
bakeliet van het bekertje van de eeuwige thermosfles op-
rijst. Ik probeer het gezelschap verder te determineren,
dat bestaat uit een kort gebouwde, in een hutspotkleuri-
ge, gebreide jurk geklede, omtrent 45-jarige vrouw, wier
gelaat zulk een zorg en paardachtige tobbing uitdrukt dat
de vraag, of ze gewoon lelijk of erg lelijk is, volstrekt irre-
levant is geworden, uit een, in niet veel beter dan lompen
geklede, magere man van ongeveer dezelfde leeftijd of iets
ouder, met een door kolengruis geïmpregneerd gelaat, een
ingevallen mond en centrifugaal, als de *Pelzmütze* van de
psychopaath in het Duitse handboek van 1907, groeiend
hoofdhaar, die met een verbaasde, uitgebluste uitdrukking glimlacht, en uit een degelijk maar lelijk gekleed,
kennelijk Engels meisje of jonge vrouw van omtrent de 27.
De vrouw in de gebreide jurk en de man wisselen van tijd
tot tijd, heel even, korte zinnen met elkaar uit in een door
mij niet nader te bepalen taal, waarbij de vrouw naar tekenen van ontstemming zoekt op het gezicht van het meisje;
welke tekenen dan ook niet uitblijven, waarna de vrouw

snel overgaat in een, terwille van de man uiterst langzaam gesproken, Anna Magnani Engels. Die man, beslis ik, is het in Harwich afgehaalde familielid, dat men na jarenlange smeekbeden, nutteloze omkoping van onbevoegde klerken, afstand van meubilair tegen een gapkoers, verkrachting van minderjarige dochtertjes door consuls, en valse attesten van nimmer gebrevetteerde natuurgeneesheren, aan de perforerende raderen van de Administratie van een Midden- of Oosteuropese Staat heeft weten te ontwringen. Het meisje moet de Britse schoondochter zijn van de vrouw, dat kan haast niet anders. Maar wat is de man precies van de vrouw? Broer, zwager? De relatie is nauw en toch weer niet al te innig, want iemand anders had hem in Harwich moeten zijn komen afhalen om hem mee te nemen naar Londen en daar onder te brengen, begrijp ik uit het relaas, en die iemand is niet komen opdagen. Het meisje werpt op, dat die iemand misschien één trein verlaat is, en op dit eigenste moment van Londen onderweg zou kunnen zijn naar Harwich. De vrouw, wier hele leven bestaan heeft uit Ontbrekende Berichten, wuift deze sentimentele, en inderdaad nutteloze overweging, weg. 'He must go to London, so he goes to London,' formuleert ze de kennelijk door haar toedoen geforceerde beslissing. 'In London we see what we do.' Het meisje, hooghartig, zwijgt verder bijna voortdurend. Dan distribueert de vrouw voedsel uit de wollen tas, en koffie uit de thermosfles, terwijl ze, telkens de snelheid van haar betoog verminderend ten gerieve van de man, een uiteenzetting geeft van de strijd om het bestaan die zij, en met haar waarschijnlijk ontelbare familieleden die tot het nachtlegioen van vertrapte schoonmaaksters en strontruimers behoren en het vermolmd gebit nog erger bederven door het eten van klieken, in Engeland heeft te voeren, welke lezing eindigt met de allereenvoudigste vaststelling (waarin inderdaad alles besloten ligt, en die vergezeld gaat van twee korte gebaren – een nauwlijks merkbaar hoofdschudden en een snijdend, horizontaal beweginkje van de hand): 'English people, they do not like foreigners.' Die wijsheid heeft ze in elk geval opgestoken. In Londen zie ik P. niet op het perron. Nu ja, hij kan ook beter aan het eind ervan, bij het hek, blijven wachten. Maar ook daar vind ik hem niet. Ik stapel mijn bagage voorbij het hek maar op elkaar en blijf daar staan wachten. P. kan pech met zijn auto hebben, hij kan de aankomsttijd toch nog verkeerd van Enquiries hebben opgekregen. Dom genoeg heb ik hem in Harwich tijdens ons telefoongesprek gezegd, dat ik, als afhalen voor hem lastig zou zijn, zonder bezwaar op eigen gelegenheid naar zijn adres wilde komen, en nu weet ik natuurlijk niet meer wat ik letterlijk gezegd heb, ga interpreteren in de richting van niet afhalen, etc. Een half uur verstrijkt. Van het perron naast dat aan welks einde ik sta te wachten, zal over 25 minuten de trein naar Harwich vertrekken. Wat zoek ik nog hier, nu Wim het niet eens de moeite waard heeft gevonden mij af te komen halen? Is eigenlijk instappen in die trein niet het verstandigste wat ik kan doen? Mijn begeerte om die influistering te gehoorzamen, wordt zeker niet verzwakt door het getingtong uit de stationsluidsprekers, door middel waarvan het reizend publiek op kerstmelodieën wordt getrakteerd. Ik moet hevig wateren van de zenuwen, maar durf mijn bagage niet alleen te laten, en evenmin, met die bagage, mij van de afgesproken plaats te begeven, waarheen P. wellicht toch nog onderweg is. Dan, als er veertig minuten om zijn, zie ik P. plotseling, twee perrons verder weg, op en neer lopend, met zijn goedige, zorgelijke gezicht om hoeken kijken en in het rond speuren. Hoe komt dat nou? Hij was op de afgesproken tijd in het station, maar heeft een ander perronnummer op het aankomstenbord gelezen. Alles is weer goed – ik lieg, dat ik pas ruim twintig minuten hier sta, en wij stappen in zijn auto. Hij wil eerst maar in de stad iets gaan eten, en daarna pas naar zijn huis rijden – vind ik dat goed? Dat is mij best, maar ik informeer nu voorzichtig naar bizonderheden over een *party*, die, volgens vage vermeldingen in Wimie zijn brief vanavond ergens gegeven wordt. Jawel, dat is ook zo, en misschien dat hij, P., er later op de avond nog even heen gaat, luidt zijn nogal ontwijkend antwoord. Dan, als ik aanhoud, blijkt dat hij het niet zo'n goed idee vindt om mij mee er naar toe te nemen, met het oog op een uiteenzetting, en mogelijk een gevecht, tussen Wim en mij.

– Zie je, als het bij mij thuis was, dan was het wat anders, legt P. me uit, wat glaswerk meer of minder naar de sodemieterij, dat is tot daar aan toe, maar anderen kan ik het niet aandoen.

– Hoor eens even, zo'n ontembaar beest ben ik ook weer niet, weet ik hem uit te leggen, en als ik met jou overeenkom dat ik niet vecht en niet te veel mag drinken, dan drink ik niet veel en vecht ik niet, al tergen ze me half dood, want aan wat ik met iemand afspreek, daar houd ik me aan. Dan weet ik hem bovendien te melden, dat ik de hele dag nog geen druppel gedronken heb, en dat is de zuivere waarheid, want de weersverwachting klonk beroerd en ik besloot daarom helemaal niets te eten, noch enige alkohol, in wat voor vorm ook, tot me te nemen, wat goed bekeken was van me, want ongeveer halverwege de Noordzee stak een stormachtige wind op, zodat er flink gekotst werd, gelukkig ook door een klein, vierjarig, roodharig meisje, dat, tot het binnenvaren van het stormgebied, 21/2 uur lang, aan één stuk door, drenzend, 'No! No!'

had geroepen, en daarna, behalve dat haar schattige krulletjes onder het eigen braaksel kwamen te zitten, helaas geen enkelletsel, bijvoorbeeld door vallen, opliep.

– Ik houd me bij tonic of *long drinks*, beloof ik. Trouwens, ik ben helemaal niet jaloers van aard, dat weet je.

– Nee, ik weet dat je er zelfs een *kick* van krijgt, zegt hij, maar het blijft riskant.

– Als je leeft, dan neem je risikoos, waar of niet; maar je hoeft heus niet bang te zijn.

Dan is P. akkoord en rijden we, na in Soho bij Bartorelli gegeten te hebben, meteen door naar het adres van de party, ergens tussen Notting Hill Gate en Kensington, waar, in een tweeverdiepingenwoning, een vriendenpaar huist, met de jongste van wie ik indertijd, jaren en jaren geleden, in mijn allertreurigste huurkamertje, de dag nadat ik hem bij P. had ontmoet, heb geprobeerd intimiteit te hebben, van welk voornemen ik, door een plotseling aan hem geconstateerd, ernstig lichamelijk tekort (of, liever gezegd, vrijwel totaal gemis) met een schok werd afgebracht.

Eerst belt P. natuurlijk, als in een Duitse film, verkeerd aan, en stapt bijna binnen bij een wijf met papillotten, dat zich, zonderling genoeg, niet eens ontstemd toont al is het al een uur of tien, maar precies vertelt welke deur het dan wel is. Achter die deur treden we waarachtig dezelfde schemering binnen als die men tegenwoordig op partijtjes in Nederland aantreft, en die ik trouwens al eens beschreven heb: het systeem van het 'donkerrood kastpapier of etalagekarton, op gevaar van brand, om de enige lamp gewikkeld'. Zo zie je, hoeveel dingen er blijkbaar bovennationaal zijn, en hoe weinig er is, dat de volkeren scheidt. Even moeten we wennen, maar dan kunnen we ons gemakkelijk oriënteren, mogen we onze jassen in een slaapkamertje gooien en krijgen we, als we langs de keuken komen, dwars achter welker deuropening men een tafel heeft gezet die als bar fungeert, prompt, in een groot glas, onze eerste consumptie. Het feestje blijkt, gelukkig, een wijn-party te zijn. In wijn, dat weet iedereen, schuilt geen geweld, slechtheid of onkuisheid, hoogstens krijg je er zwarte tanden, een modderlucht uit je bek en een hinderlijke gassigheid van.

Beneden, in twee kamers van het souterrain, is het eigenlijke feest aan de gang. In de ene kamer wordt gedanst, en hier is het licht het geringste en het roodst; in de andere, waar men zit of staat te babbelen, is het licht wel heel iets sterker, maar daarbij zo raar van kleur, oker gemengd met roze lijkt het wel, dat de gasten er een ritueel, vrijwel gemaskerd uiterlijk van krijgen. Op het moment dat ik in dit vertrek de zopas vermelde, jongste van mijn beide gastheren zie, evenals hij mij, weet ik waarachtig zijn voornaam nog – Eric – en hij, blijkens de beantwoording van mijn groet, weet zelfs nog de mijne. Het griezelige is alleen, dat hij in 7 1/2 jaar niets, maar dan ook helemaal niets, is veranderd, een knappe jongen eigenlijk wel, al zou hij wat minder op een etaleur of de anjerdragende galant op een Franse prentbriefkaart moeten lijken. Hij glijdt, even bedrijvig als bevallig, met één arm vóór en één achterwaarts gestrekt, op een afstand voorbij door de menigte, gelukkig maar, want waar zouden we het in godsnaam over moeten hebben?

En dan, ach Jesus, zie ik Wim. Hij staat in een hoek van de kamer, met zijn rug naar me toe, in de wat opschepperige, nonchalante houding die hij kan aannemen als hij iets gedronken heeft: met zijn rechter hand aan zijn hoofd, leunt hij met zijn rechter elleboog tegen de muur, zijn rechter voet half van de vloer geheven door een lichte buiging van zijn been. Zijn linker onderarm rust op de

schouder – pols en rug van zijn hand raken zelfs de hals
– van het Prijsdier, de Hoofdprijs uit de Liefdesloterij, de
23-jarige M., die aandoenlijk, hartsmeltend lief gekleed
is in een volmaakt passende, waarschijnlijk khaki broek
en een gestreept katoenen matrozentruitje. Zelfs in dit
geringe licht, en nog zonder dat hij zich beweegt, is zijn
Nek alleen reeds de vertolking van een Heimwee naar het
Onzegbaar Troostende, dat eens geweest moet zijn, en
wellicht eens weer zijn zal; als schatrijke, maar niet gelukkige koning wil ik over bergen reizen om hem te vinden en
aan zijn voeten al mijn op kamelen meegevoerd bezit neer
te leggen, of misschien aan de voeten van zijn ouders van
wie wel hij, maar niet zijn Liefde gekocht kan worden. (Hij
gaat wel met me mee, maar houdt niet van me, en daar helpen geen weelde of rijkdom of zwembaden of rode, open
sportwagens aan, die hij alsmaar op zijn verjaardag van
me krijgt, en ik maar naar hem kijken en dromen dat ik
hem red en bescherm en een hele tijd kuis met hem in een
Boom woon, waarna hij misschien toch nog verliefd op
me zal worden. Ach ja.)

Wimie praat met iemand, die ik vaag ken, die mij nu
ook herkent, en plotseling schrik op zijn gezicht vertoont
– kennelijk denkt hij aan een mes, wraak, of in elk geval
iets zeer ongewensts wat zou kunnen gebeuren. Daarna natuurlijk: omdraaien, uitroepen, een omhelzing. Uit
Wim zijn hortend relaas begrijp ik, dat hij het is geweest
die, in ons beider vermeend belang, heeft voorgesteld mij
deze avond van de party te weren, maar dat hij nu blij is
dat ik toch gekomen ben. Ik ben wel een in uitverkoren
mate gezegend mens. Terwijl ik sprakeloos, geheel ont-
spannen naar Wimie zijn lichtelijk hese, met mijn geluk
nauw samenhangende stemgeluid luister, vergeet ik echter niet, om M. attent een asbakje aan te reiken, om met

onbeschaamde bewondering mijn blik langs zijn lichaam te laten gaan en hem zelfs heel even aan te halen. (Vertel mij niks: gevoelens die ik niet ken, hebben nog nooit bestaan – niets onmenselijks acht ik mij vreemd.)

Maandagmiddag. Ik ben een paar uur op bed gaan liggen om te proberen een beetje nachtrust in te halen, maar het is natuurlijk niet gelukt. (Ik heb vannacht rot geslapen, waarover later meer.) Laat ik dus maar proberen de sufheid, het enige resultaat van mijn poging tot namiddagrust, uit mijn hoofd te krijgen door de rijk geschakeerde feiten van gisteren, voor dat ze vervagen, op schrift te stellen. Welnu, gisteren, de dag na de party, is Wim met M., zoals al enige tijd tevoren was afgesproken, hier, bij P. dus, komen lunchen. Tijdens een stevige borrel vooraf heb ik Wimie, met veel ceremonieelen gepraat in kindertjestaal, zijn verlate verjaardagskadoos gegeven (hij is een Schorpioen): een boek; 8 pakjes shag; een duur, reusachtig konijn met roze oren van binnen en een bel om, uit de Galeries Modernes; een tricot nylon overhemd. Me dunkt! M. krijgt, omdat hij 'ook een beetje jarig is' (niets onmenselijks, etc.) een – veel kleiner – ezeltje, en, om hem te imponeren, een exemplaar, met opdracht van de auteur, van *The Acrobat & Other Stories.* Iedereen is in de allerfijnste stemming – als dat maar goed blijft gaan. De lunch verloopt zeer geanimeerd, al moet P. spoedig voor een of andere afspraak weg. Wat gaan we verder doen? Laten we maar niet binnen blijven zitten, geef ik te kennen, je weet het niet, nog meer drank daar komt niets dan slechtigheid van, nee, weet je wat we moeten doen? Naar de diergaarde gaan, waar Wimie en ik al zo lang niet, en M., die immers van buiten Londen afkomstig is, nog nooit geweest is. Bovendien is het in het vlakbij gelegen Regent Park.

Met al het brood dat er in P. zijn keuken te vinden is, rauwe aardappels, en wat bloemkoolstronken, vertrekken we. Onderweg, flink gesmeerd door de borrels vóór, en P. zijn nogal hardhandige Portugese wijn tijdens de lunch, begin ik, in al mijn huichelachtige bescheidenheid, tegenover M. op te scheppen en 'ingehouden geestig' te doen, zoals ik het maar kortweg en gemakshalve zal noemen, want wie het weet, begrijpt wel wat ik bedoel, en anders is het toch niet uit te leggen. Vindt hij het fijn 'dat hij met me naar de zoölogiese tuin mag'? Is hij 'bang voor grote stoute dieren die soms wel eens een beetje boos zijn, en *brombrom* of *haphap* doen'? Dan hoeft hij ze niet te voeren, maar zal ik het brood of het groenvoer wel voor hem vasthouden, enzovoorts – dat soort walgelijk gezeik.

In de dierentuin is het niet druk, want het is vrij koud, en de dunne winterzon die door de windstille atmosfeer dringt, kan niet veel warmte geven. M. is, evenals Wimie en ik, dol op dieren, dus we amuseren ons geweldig, hoewel Wim en ik bijna boos op hem worden wanneer hij iets lelijks durft te zeggen van een bepaald moerasbewonend knaagdier, dat in groepsverband op een rotseiland woont, een soort grote ratten of reuzenmarmotten, die, tot boven hun knietjes door het water stappend, tussen het lage riet doorscharrelen om zich daarna, bij tussenpozen, op de oever, door vegende bewegingen van de voorpoten, weer droog en kroosvrij te poetsen; een schouwspel waarvan men, als men er maar lang genoeg naar kijkt, een kou op de maag krijgt.

Ik heb geen idee of de Londense dierentuin de mindere of de meerdere is van die in Amsterdam. Apen zijn vieze beesten en eigenlijk niet eens dieren, dus die laat ik buiten beschouwing, maar men krijgt hier wel de indruk van een iets rijkere sortering, wat ook geen wonder is voor een wereldrijk, dat nog pas kort geleden begonnen is af te brokkelen. Wie van nabij de triomf wil zien van de over alle verstand en nut zegevierende Geest, bezoeke het kleine tropiese vogelhuis om daar, een paar decimeter van zijn gezicht, ongehinderd door tralies want door een vernuftig ontworpen lichtval gevangen gehouden, de kolibri in de lucht te zien stilstaan. Dan, en niet eerder, begrijpt men waarom dit dierken in het Engels *humming bird* heet. Een vogel die eigenlijk een geveerde vlinder is, zo teer, dat het aanpakken reeds de dood zou veroorzaken, en in gevangenschap slechts te houden, indien men bereid is er bananenvliegjes voor te kweken. Als men de ademstokkende, zilverpapieren kleuren van het rompje, dunner dan een kinderpinkje, en het licht gebogen, injectienaaldfijne snaveltje, ter tanking van misschien dauw, in de bloemkelk gestoken ziet, alles zo roerloos dat alleen het neuriën van de onzichtbare vleugels verraadt dat het dier intussen vliegt en niet ergens op zit of hangt, dan beseft men, dat het goed en juist is dat dit wezentje bestaat, al kan men het niet begrijpen.

We maken een uitvoerige ronde door het reptielenhuis, waar ik niet zo gek op ben, maar dat Wim, die bang is voor slangen, in hoge mate fascineert. Het is mij allemaal een beetje te traag en, op een paar suikerbeestkleurige hagedissen na, te slordig van vormgeving en te onuitgesproken van wezen. Wat me wel plezier doet, en waarop ik door Wim, die al op dertig meter het bezit van kunsttanden of een pruik weet te signaleren, word geattendeerd, is de inrichting van alle terrariums en Nijllandschappen met uitsluitend kunstplanten, zo mooi en overtuigend van vorm en kleur, dat ik nooit gezien zou hebben dat ze van plastic zijn, zo geraffineerd is bij voorbeeld een blad van een verdorde rand voorzien, om maar een detail te noemen.

Een geweldige tijdsbesparing bij de verzorging van al die hokken, lijkt me, terwijl het bovendien allerlei parasitaire insekten stellig verhindert zich in stengels te nestelen; de beesten zelf zal het helemaal een zorg zijn, neem ik aan – als ze, uit verveling, misschien een hapje zouden willen nemen, zullen ze het trouwens wel merken.

Bij allerlei hoornvee en bij de olifanten volg ik scherp de bewegingen van M., die, niet bang maar toch een klein beetje huiverig, het brood of het groen met een welwillende, maar tevens lichtelijk verachtende blik, in de natte, snuivende openingen duwt. Hij vindt al die dieren toch wel lief? vraag ik. Jawel, maar ze zijn toch wel erg gulzig, geeft hij in zijn ontwapenend accent uit de omgeving van Harwich, na enig uitvragen, te kennen. Hij praat niet veel, en dan nog in een erg verlegen gemompel, terwijl hij zijn moedertaal, door het deplorabele peil van het Britse lager onderwijs, maar gebrekkig beheerst, want hij blijkt betrekkelijk eenvoudige woorden hetzij niet te kennen, hetzij met een onjuiste betekenis te verbinden.

Slordig taalgebruik vind ik iets onvergeeflijks, en door anderen begaan roept het een dolle haat in mij op, maar van M. vertedert het me – alles wat hij zegt, echoot trouwens in mij voort, om in mijmeringen verder te worden geïnterpreteerd, die tenslotte de allure krijgen van zonderlinge dagdromen. Ik wil dat hij voort blijft praten, en probeer daarom zacht uitdagende mededelingen te bedenken. 'Nu ja,' werp ik op, 'zou jij ook niet gulzig zijn als je in een kooi zat, en ik gaf je door de tralies te eten? Misschien was je wel een heel mooie en lieve Panda, en ik was je oppasser; ik hield heel veel van je. Ik bracht je de allerfijnste en sappigste bamboespruiten, want elke morgen heel vroeg ging ik al op weg door bos en veld, om ze voor je te snijden.' 'Weet je wel, dat ik zoveel van je hield, dat ik 's avonds niet naar huis ging maar in het geheim bij je in het hok bleef en bij je sliep in een heel grote kist of mand? En dan beet ik zachtjes in je oren – dat deed ik altijd.' Weerzinwekkende flikkerpraat: evenals bij alkohol, neemt met de roes de libido toe, maar daalt het niveau. Maar M. vindt het nog fijn ook, en als hij tenslotte lacht, worden mijn ogen wijd en starend en ruist, terwijl ik mijn kaken krachtig opeenklem, mijn adem moeizaam door mijn neusgaten. 'Natuurlijk ben je gulzig als ik je je eten kom brengen,' aldus begeeft zich mijn fluisterende rêverie op weg, 'en zeker als ik je een week lang in een stalen kooi heb laten vasten, en dan uit mijn hand heel kleine stukjes dampend vlees voer, terwijl je naakt bent behalve het kleine broekje dat je zelf hebt moeten maken uit je eigen regenjas.' Ja, kon ik die regenjas van hem maar bemachtigen, want eenmaal in het bezit daarvan, zou ik M. zonder veel moeite kunnen betoveren en in mijn macht houden. Een lichtbruine jas is het, van ordinair, synteties weefsel, redelijk goed van snit maar zeker niet bizonder elegant, en vet geworden aan de mouwranden. Dat kan allemaal best waar zijn – terwijl ik, vlak naast hem staand, voorwendend naar insekten of salamanders te kijken, mijn gezicht zo dicht mogelijk bij zijn schouder en oksel breng, weet ik boven elke twijfel vast te stellen dat de stof wel degelijk, zoals ik vermoedde, de geheime reuk bezit waarvan, sedert de dieren hun spraak werd ontnomen, de mondeling overgeleverde samenstelling verloren is gegaan, en waarvan we alleen nog weten dat hij verwant is aan (want in gelijke mate bijna onwaarneembaar) die van warm ijzer, van brieven in schoenendozen in een lade bewaard, en van het hout van het zolderraam waardoor men, scherp luisterend naar verdachte geluiden op de trap, de Jongen op straat bespiedt die telkens bijna de juiste houding aanneemt, maar net voordat het wonder van de zaaduitstorting zich heeft kunnen voltrekken (de Voortplanting is eigenlijk iets heel moois, als je er even bij stil staat), om de hoek verdwijnt.

Als we het voornaamste wel gezien hebben, klinkt de sluitingsbel, wat ons eigenlijk, al spreekt geen van ons drieën het uit, wel van pas komt, want doordat we laat zijn opgestaan en niets hebben uitgevoerd, zijn we erg moe. Vanavond zal ik, ook dat is al dagen van tevoren geregeld, bij Wim en M. thuis eten. Een zo lang achter elkaar voortgezet samenzijn bergt gevaren in zich: ik zal mijn uiterste best moeten doen, besef ik, om te zorgen dat de stemming er in blijft. Loomheid vooral leidt gemakkelijk, via onverschilligheid, tot geprikkeldheid en zo tot ruzie, al ben ik voorlopig niet onverschillig, maar uiterst nieuwsgierig naar de woonruimte, waarin deze twee aanbiddelijke wezens samenhokken. Hun adres is een eind weg, met slechte verbindingen zowel naar het ziekenhuis waar Wim sinds een paar weken werkt, als naar het noordelijk deel van de West End, waar M. bediende is in een groot warenhuis. Ze wonen in Chelsea, niet ver van World's End, in een stil straatje dat op de Theemsoever uitloopt, op een nette kamer van zeg 4 bij 4 1/2 meter, gemeubileerd en met service, wat wil zeggen dat elke dag een wijf, dat ongevraagd haar vriendin meeneemt om te helpen de ijskast beneden leeg te maken (plus een dochtertje dat bijna de hele tijd, volgens Wim tenminste, met open pleedeur zingend zit te kakken), wat lakens rechttrekt en dan tijdschriften gaat zitten lezen: de afgelegenheid van het adres, de afmetingen van de woonruimte, en daarbij nog het ontbreken van water op de kamer zelf, maken de 6 Pond per week zelfs voor Londen aan de hoge kant. En dan moeten ze het nog verwarmen met een éénstangs elektries kacheltje, dat alleen voldoende is bij windstil, mild weer.

We bereiden in de onbetwist zeer goed geoutilleerde, gemeenschappelijke keuken met ons drieën een eenvoudige maaltijd, drinken daarna, voor het kacheltje in de kamer op de vloer gezeten, wat gin en daarna vrij veel licht bier, en worden, onvermijdelijk, zo suf als volgevreten katten. M. gaat even aan het kleine burootje een brief aan zijn ouders zitten schrijven. Hij is linkshandig, zie ik nu opeens, die schat, en ik ben ook links – zo zie je, dat niets in dit wereldbestel toevallig is. Maar al een paar minuten later zwaaien mijn gedachten de andere kant uit, en word ik mismoedig: wat hebben al dat getob, geschrijf van brieven, en al die gesprekken die nu al de hele dag worden gevoerd – in snelle, korte eenheden omdat het onaardig is tegenover M., in het Nederlands lang met elkaar te konverseren – eigenlijk voor zin? Had ik niet veel beter rustig in Amsterdam kunnen blijven? Wim schijnt iets van mijn stemming te voelen en zegt, duidelijk tegen eigen sufheid en vermoeienis vechtend, een aantal voorkomende dingen. Maar we moeten het liever niet te laat maken, besluiten we. Eventueel, ja, kan ik hier wel blijven slapen, merkt Wim op. Er zijn twee bedden. Ach nee, laten we dat toch maar niet doen, het hindert natuurlijk niet, maar dan wordt het misschien helemaal onontwarbaar, en zal geen mens ooit meer ergens wijs uit kunnen worden. En dan morgenochtend opstaan en ontbijt maken, thee zetten, toast bereiden, daarbij voortdurend op de loer blijven liggen, of de badkamer vrij is (want er is veel te weinig sanitair op het aantal bewoners, zodat ze beiden 's morgens een veiligheidsmarge in acht moeten nemen van wel 25 minuten vóór hun teoretiese tijd van opstaan, die, wegens de beroerde verkeersverbindingen, al onmenselijk vroeg is), God nee, maar niet doen. Ik begin mij dus voor te bereiden op mijn terugkeer naar Camden Town, die mij ruim een uur zal kosten, maar vóór ik heb kunnen vertrekken, barst er beneden ons, op de gelijkvloerse verdieping, een gevecht los tussen de ongeveer 30-jarige eigenaar R. – een Australiese, zachte jongeman die zijn laatste spaarcenten in dit krot en de kleinburgerlijke inrichting ervan gestoken heeft om 'onafhankelijk te zijn' en die nu dan ook, om het huis in zijn bezit te kunnen houden, van 's morgens negen tot 's avonds vijf in doodgewone loondienst is op een kantoor – en zijn met hem samen wonende, door hem aanbeden vriendje van 18, een stoer uitziend, nozemachtig jongetje dat nog nooit een slag werk heeft willen doen, in Borstal institutions heeft gezeten waar hij door R. zijn bemoeiingen voortijdig uit is gekomen, nog geen kopje omwast nadat hij 's middags om half drie is opgestaan om een bepaald T.V.-programma niet te missen, laat staan boodschappen doet, wel in R. zijn kamer met meisjes donderjaagt, en R. min of meer chanteert.

Er valt nogal wat om, en we horen R., huilend, duidelijk uitroepen dat hij 'al het werk moet doen'. Dat is zeker waar, maar als je gek op iemand bent, doe je nou eenmaal alles – hij wel alles met jou wat hem in zijn kop komt, zo draait de wereldkloot, en niemand die er verder wat aan kan doen, al is het natuurlijk wel zielig voor wie het overkomt. M. staat, met trillende lippen, op het punt in huilen uit te barsten en wil zich ermee gaan bemoeien, maar Wim, die het allemaal, tenminste uiterlijk, ijskoud laat, verbiedt het hem. Ik ben niet dol op deze dingen, en helemaal niet op dit soort wanhopige uiteenzettingen, waarbij alles, tenminste zolang de rebellerende partner geen breuk durft te riskeren, een pateties, zuiver retories protest blijft – hij kan dan voor hetzelfde geld beter het bos inlopen en hout gaan hakken of aan het strand tegen de zee gaan staan schreeuwen, dan komt hij trouwens eens in de buitenlucht, terwijl minder glas en aardewerk vervangen behoeven te worden.

De herrie luwt, we horen R. in de badkamer scharrelen, en als M. even later op verkenning uitgaat, blijkt R. het er met een blauw oog te hebben afgebracht. Er is wel veel omgegooid, maar niks stuk. Dan ga ik maar, en Wim brengt mij naar de rechtstreekse bus, die er weliswaar vijf kwartier over doet, maar ik hoef dan tenminste helemaal niet over te stappen, waar ik een hekel aan heb.

Londen bij nacht – hoe oud ik ook zal worden, ik geloof niet, dat het nachtleven van een stad ooit enige bekoring voor me zal kunnen krijgen. 's Nachts na twaalven thuis nog doorwerken aan iets dat af moet, of met zijn tweeën of drieën nog tot een uur of een zitten napraten, dat is tot daar aan toe, maar wat de rest betreft, behoren fatsoenlijke mensen 's nachts te slapen. Als de Zegevierend Volmaakte terugkomt, zal hij, door Restaurants en Bars schrijdend, de witbelakende tafels als evenzovele ontuchtige bedden omversmijten met sauzen, kandelaars, spirituskomforen, vingerkommen en al; karaffen, tapkasten, bierpompen, en neonverlichting verbrijzelen, alle hoererij en wellustigheden der mensenkinderen, alsook snarenspel (ja, allerlei snarenspel) tot zwijgen brengen; krokettenzaken, maar vooral delicatessenwinkels met nachtvergunning, als fakkels in brand zetten; want hij zal de mens leren om vrij van bedrog, sober, matig en oppassend te leven, en als het niet goedschiks gaat, dan maar kwaadschiks. Enfin, voordat ik afdwaal: wat ik bedoel is dat Londen 's nachts iets angstaanjagends heeft, de paar felverlichte straten van het vermaakcentrum in de West End zowel als de aan de periferie daarvan gelegen wijken, ja, laatstgenoemde, ondanks hun schijnbare rust, nog meer: de troosteloze buurtcafé's waaruit om half elf de lallende, een zure zweetlucht ver-

97

spreidende, ongeschoren bierdrinkers wegstrompelen naar hun duizenden, tienduizenden, honderdduizenden huurkamers van 55 shilling per week en een lichtpeertje van 75 Watt, onderweg hun kwartflesje gin leegzuigend om het in de stukgetreden voortuin van de oorlogsweduwe te gooien: Vrees is op de weg – blijf, als ge enigszins kunt, binnen uw eigen woning.

Al deze overwegingen gaan door me heen, als ik, op de bovenverdieping van de ijskoude bus, temidden van deels bewusteloze, deels wauwelende passagiers, langzaam door het beruchte Notting Hill Gate voortgang maak. Ik heb, besef ik, in mijn leven veel fouten gemaakt, en word daarvoor gestraft, maar ik heb daarnaast één geweldige vergissing begaan, en alles hangt ervan af of ik die zal weten te herstellen, wat des te moeilijker is, aangezien ik niet weet, wat die vergissing dan wel geweest is. Maar dat ik geheel opnieuw moet beginnen, dat is zeker. Dat ik alles wat ik heb nagejaagd moet verwerpen, en tot bezinning moet komen, ook dat is duidelijk. Maar wat, Jesus Christus nog aan toe, wat moet ik dan doen? Opeens word ik rustig, want ik heb het gevoel dat het me, heel binnenkort, geopenbaard zal worden, en dat ik de Waarheid zal herkennen als iets zo vanzelfsprekends, dat het me een raadsel zal toeschijnen, hoe ik ooit in gebreke kan zijn gebleven, haar te zien.

Zou P. nog op zijn? Een kleine kans, maar toch moet ik met hem praten. Doch als ik, koud en doodmoe, de trap opga, vind ik het huis doodstil. P. zijn overjas ligt over de stoel bij het raam (en voor het eerst na al die jaren besef ik, dat hij een huis van vijf verdiepingen in eigendom heeft, maar geen kapstok bezit), wat betekent dat hij al naar bed is in de logeerkamer in het souterrain, zijn eigen zit-slaapkamer aan mij overlatend. Ik heb hem zelf onmiddellijk na mijn aankomst, verzocht de drankkast naast de vleugel op slot te doen, wat hij dan ook prompt heeft gedaan, de goeierd. Dan maar meteen naar bed. Er zijn geen gordijnen – P. is erg vooruitstrevend, van 'ik heb niets te verbergen', waar niks tegen is, behalve dat ik in het donker beter slaap dan onder het vrij sterke natriumlicht van de grote straatweg, waaraan dit pleintje van huizen gelegen is. Ik heb het eerst koud, dan te warm; ik word dorstig, moet dan wateren. (Er is geen fontein in de kamer en ik ben, ongeacht of er andere mensen in huis zijn of niet, 's nachts op de trappen een beetje bang.) Als een en ander gebeurd is, val ik in een ondiepe slaap, waarin ik niet droom, maar wel een Stem meen te horen, die mij een opsommende uiteenzetting doet. Ik word klaar wakker, maar ben nu eens niet, zoals meestal na dromen, bevreesd. De Stem, die mij drie aanbevelingen te kennen heeft gegeven, kan niet die van een Kwade Geest zijn geweest, of de Boze zou speciaal voor mij wel heel listige omwegen moeten bewandelen. Wat ik moet doen zijn de volgende drie dingen: 1. Sterke Drank opgeven; 2. mij naar 'de velden van Alicante' begeven en mij in de nabijheid van de vervallen kerk van *Santa Maria della Vittoria* vestigen, om aldaar Verdere Orders af te wachten; 3. Bewerkstelligen, dat Wim klassiek gitaar leert spelen.

Het eerste is eenvoudig genoeg. Sterke Drank is een kwaad. Als men bovendien de indeling der dranken in hun verband met de Elementen beziet, dan wordt gedestilleerd voor mij, die onder een Vuurteken geboren ben, nog bedenkelijker. (Jenever, gin, rum, etc. zijn immers Vuurdranken – niet toevallig spraken de Roodhuiden van vuurwater – ; de wijn, immers aan ranken hangend, is een Luchtdrank; bier, dat eerst als graan gezaaid moet worden, een Aarddrank, terwijl Seven Up c.s. op voor de hand liggende wijze tot de Waterdranken behoort. Alle andere soorten dranken zijn mengsels: sherry is er een van Lucht en Aarde, vandaar dat deze een veel benevelender, als de opwarreling van zichtbeperkend stof te begrijpen, effekt heeft dan men uitsluitend op grond van het alkoholpercentage zou verwachten; port is Vuur en Aarde, waaruit onmiddellijk zijn verstenende – immers jicht en geslachtelijke onmacht veroorzakende – werking verklaard kan worden. Bij een nadere uitwerking van deze oude leer kan men natuurlijk in details van mening blijven verschillen, maar het ligt voor de hand, dat wie onder een Vuurteken geboren is, zijn temperament noch moet blussen met Waterdranken, noch tot een verterende gloed forceren door het gebruik van een Vuurdrank (tenzij hij de uiterste matigheid kan opbrengen), maar het, door de toediening van de Luchtdrank wijn, de zuiverende en weldadige, een rookloze gloed bevorderende, lucht moet toevoeren.)

Maar wat het tweede betreft, heeft de Stem gemakkelijk lullen: *Santa Maria della Vittoria* lijkt mij helemaal geen Spaans (als het al een reële taalkonstruksie is), hoogstens Italiaans, terwijl het naar een kerk van die naam in 'de velden van Alicante' mooi zoeken zal zijn – veeleer lijkt mij de naam te passen bij een op mysterieuze wijze (in een familieblad bij de kapper na vijftig jaren herdacht), met 187 Zeejongens aan boord, spoorloos ondergegaan opleidingsschip, waarvan na het met hoempamuziek uitzeilen, op 18 april 1912, uit Madras, nimmer meer iets gehoord, noch een splinter wrakhout gevonden is.

De derde aanbeveling, hoe schijnbaar bizar ook, ligt, om in de taal van staatssecretarissen en vakbondsbestuurders te spreken, weer in het redelijke vlak. Wim speelt voortreffelijk viool, en is zeer muzikaal. Gitaar is echter beter dan viool, want goede gitaristen zijn schaars, het instrument zelf is goedkoop om aan te schaffen, en men is niet afhankelijk van een begeleider. Bovendien zou het een weldadig gezicht zijn om Wim, met één voet op een stoel zodat zijn broek om zijn bibsje spant, de gitaar te zien stemmen, en allerlei jongens, met open monden, naar zijn spel te zien luisteren. Ook zou hij, telkens als een boze geest der godheid op mij zou zijn, door zijn spel mijn ziel weer kunnen genezen en tot kalmte brengen – misschien is dat een zelfzuchtige overweging, maar het één zou het ander niet in de weg behoeven te staan. In aanmerking genomen, dat er nu eenmaal het grootste gedeelte van elk etmaal een boze geest der godheid op mij is, en dat Wimie, indien hij de studie van het instrument ernstig zou opvatten, wel een uur of vijf, zes, per dag zich eraan zou moeten wijden, zou de genezing als het ware in één moeite door kunnen gaan, en veel schade door vechtpartijen voorkomen kunnen worden. (Ik bedoel niet, dat men door een vechtpartij schade kan voorkomen, helemaal niet, maar juist dat zo iets niet nodig is, en voorkomen beter is dan genezen!) *Mit Musik durchs Leben*, dat is waar ik op wijzen wilde. Er is, dat heb ik al eens gezegd, meer dan genoeg narigheid in de wereld, en ook al ruimschoots voldoende bij mij thuis.

Brief Uit Gosfield

Gosfield, Essex, zondag 16 december 1962. Gisteren ben ik hier, op P. zijn buitenplaats *The Gunner's Hut* – waarover later meer – veilig en in goede welstand uit Londen aangekomen. Ik wil u, alvorens u van mijn gedachten en gevoelens in de Britse provincie op de hoogte te stellen, eerst nog een verslag geven van mijn dagen in Londen na 10 december, de datum immers van mijn vorige brief. Dat verslag kan ik summier houden, omdat ik geen van die dagen veel bizonders heb meegemaakt, en evenmin veel heb uitgevoerd, het laatste vermoedelijk wegens de overweldigende, op den duur de zenuwen aanvretende stilte in P. zijn huis, en de zeeën van tijd. (P. is namelijk al sedert woensdag hier in Gosfield, zodat ik de laatste paar dagen van mijn verblijf in zijn huis in Londen, bijna geheel in eenzaamheid heb doorgebracht.) Lui ben ik, geloof ik, niet, maar wel is mijn energie gewoonlijk verkeerd gericht – zo zou men mijn grondprobleem het eenvoudigst kunnen omschrijven. Van wat ik, al voortmompelend op straat, of met mezelf in winterparken overleg plegend, aan wijsgerig en letterkundig werk heb bij elkaar gemurmeld en gedacht, zouden dundrukedities kunnen verschijnen. Mijn afkeer echter van het gaan zitten schrijven (een afkeer, die, Godlof, wel minder sterk wordt naarmate ik ouder word), maakt dat zonder de meest overdreven zelfdiscipline en de verschrikkelijkste dreigementen jegens mijzelf, er nooit een woord op schrift komt. Wil ik om elf uur smorgens iets formuleren, dat althans samenhang vertoont, dan mag ik wel om kwart voor acht, vóór het daglicht door-breekt, aan de tafel plaats nemen. Dat heb ik eergisteren, vrijdag, dan ook, wegens de eenmaligheid van de datum, bij uitzondering gedaan, om met kreten, vloeken, het in melkflessen pissen om me het trappen op- en afsjokken te besparen, het tot oogschemerende ademnood drinken van koffie, en het zich overal op het lichaam wild krabben, het *Gedicht Voor Mijn Negen En Dertigste Verjaardag* te schrijven, een werk van letterkunde over welks artistieke waarde ik mij geen oordeel aanmatig, maar waarin, welk een zwak, slecht en zondig mens ik ook moge zijn, niets staat dat gelogen, vals, verzonnen of bedacht is, zo waar-lijk helpe mij God, en wie het tegendeel durft beweren is zelf iemand die terstond geworgd dient te worden, laat ik het er maar meteen bij zeggen, want met de boel altijd voor je houden schiet je ook niet op. (Dat ik me over de inning van de royalty over de voordracht ervan, in enige poëzierubriek van de Nederlandse radio, geen enkele kop-zorg behoef te maken, is ook een hele troost.)

Wat het veel besproken Scheppend Proces betreft, vraag ik me vaak af of er mensen zouden bestaan die zon-der duizelingen, zonder bijvoorbeeld de plotseling uitbre-kende, woeste kriebelingen, bovenop de kop vooral – alsof een in het plafond wonende Kabouter door een gaatje in de pleistering jeukpoeder naar beneden gooit – kunnen schrijven. Ach, natuurlijk bestaan ze wel, een soort schrij-vers 1ste klas, die niet de geringste moeite hebben hun overwegingen in geschreven taal op te sommen; die niet opeens moeten schreeuwen, de hoofdhuid masseren, het Schaamhaar bekijken, een koude varkenspoot eten, uit het raam water of een spruitkooltje op iemand zijn harses gooien zonder dat de gelukkige kan vaststellen waar het vandaan komt, om van allerlei andere dingen maar te zwijgen, want er zijn kinderen bij, en je weet tenslotte ook niet in wie zijn handen zo'n blad komt, een ongeluk zit in een klein hoekje, en tegenwoordig, met de razendsnelle toepassing van wat al niet, duizend kilometer dat is vandaag de dag niks niemendal meer, vraag maar aan Godfried Bomans, als hij tenminste niet zijn haar aan het wassen is.

Nu ik het dan toch over mijn zenuwen heb, kan ik u beter meteen mededelen dat mijn wandelingen, meestal maar een klein eindje om, in de buurt, hetzij over het voedsel- en rommelmarktje om de hoek, hetzij door Regent Park, hetzij naar Woolworth (gewoonlijk alleen maar om te kijken), nog altijd geweldig kalmerend zijn gebleken. Vooral bij Woolworth heb ik, in de loop der jaren, tientallen, misschien wel honderden keren, nieuwe krachten opgedaan, zoals ook van de HEMA, op de Nieuwendijk te Amsterdam, een zielvertroostende en genezende werking uitgaat. (Het feit dat beide instituten samen, elkaar als het ware aanvullend, hoe zal ik het zeggen, het mooiste assortiment kunstbloemen in West-Europa hebben, is bovendien veel te weinig bekend.) Ik kan in het algemeen het Warenhuis iedereen aanraden, die belast en beladen is, al kan ik niet verklaren waar het hem in zit, die heilzame kracht bedoel ik, maar tenslotte weten we evenmin, al is de wetenschap heel ver gevorderd, waarom alles leeft en groeit. (Ook al hebben we er eerbied voor.) Het zal, denkelijk, wel een tempel zijn waar het materiële sakraal wordt geprostitueerd, toe maar: een Aardkerk der Duisternis dus, het Mystieke Lichaam van Satan (dewelke is de Oude Slang, meer zeg ik niet; een goed verstaander heeft trouwens ook niet meer nodig, en je doet er niemand te kort mee, dat is waar ik altijd van uitga).

'Alles dus als vanouds,' zullen de nuchteren onder u misschien opmerken. Inderdaad, wat die wandelingen betreft, valt er niets ongewoons of Dreigends te melden. Maar ik rangschik wandelen dan ook niet onder het hoofd *Reizen en Trekken,* dat ik in mijn vorige brief, waarin ik mij door ruimtegebrek tot het noodzakelijke moest beperken, heb geprobeerd te behandelen. Eigenlijk is de zaak veel minder ingewikkeld dan zij op het eerste gezicht lijkt: Wandelen is wel Beweging, maar niet Verplaatsing in de strikte zin des woords, ook al begeeft men zich – en dit is, ik geef het graag toe, zeker bedrieglijk ogenschijnlijk van de ene plek naar de andere. Wandelen is – en hier ligt de sleutel tot elk waardeoordeel 'als zodanig' – *Vrijwillige Beweging,* terwijl reizen Gedwongen, of liever gezegd *Noodzakelijke Verplaatsing* is – als ik hiermede één en ander nog niet afdoende heb duidelijk gemaakt, heeft het ook geen zin om nog verdere moeite tot uitleg te doen. Wat ik bedoel is, dat ik tenslotte, anders zou ik deze brief niet eens in Gosfield kunnen zitten schrijven, uit Londen weg, en het platteland op, heb moeten reizen om hier te kunnen arriveren! (Een knappe jongen, die daar een spijker tussen krijgt.)

Gistermiddag heb ik me dan ook, om volgens afspraak de trein van twee uur van Liverpool Street Station te kunnen nemen, en na aankomst in Braintree door P. met zijn automobiel te worden afgehaald, al vóór één uur naar het station Camden Town van de ondergrondse begeven met mijn middenformaat koffer en mijn weekeindtas. Omdat ik rekening heb gehouden met de kans dat ik, na mijn verblijf in Gosfield, rechtstreeks van Braintree naar Harwich door zal willen reizen, in welk besluit ik dan niet gehinderd zal willen worden door de aanwezigheid in Londen van een deel van mijn bezittingen, heb ik al mijn bagage bij me. Deze is vermeerderd met een fles gin, onaangebroken gekocht en oorspronkelijk bedoeld voor P. maar van lieverlede al half leeggedronken, een nog ongeschonden, hele fles Vat 69 wisky, en een grote, laat-Victoriaanse vleesschaal, voor één shilling op het genoemde rommelmarktje gekocht, die ik eerst aan P. had toegedacht, vervolgens aan mijn kunstbroeder W., maar die ik tenslotte – als je maar lang genoeg nadenkt, valt je vanzelf het juiste besluit in – mijzelf heb gegund, en die ik hoop te zijner tijd onbeschadigd mijn woning in Amsterdam te kunnen binnendragen.

Aan het begin van de reis gaat alles nog goed: het kaartje kopen naar Liverpool Street, het door de kontrole gaan, het afdalen van de beide, lange roltrappen en het kiezen van het juiste perron, voor een zuidwaartse trein die niet over Bank en Monument, maar over Charing Cross gaat, zodat ik op Tottenham Court Road zal kunnen overstappen op de Central Line. Het is zaterdagmiddag, de frekwensie van de dienst is daarom maar heel gering, en de trein laat lang op zich wachten. Vandaar dat ik, op een bank op het perron zittend, en bij elk gerommel opkijkend om te zien of de lampen al gaan schommelen van de wind die een naderende trein door de tunnel voor zich uit stuwt, de ginfles en het witte plastic bekertje uit de weekeindtas opdiep, en mijzelf snel inschenk, kapsule weer vastklem, fles veilig opberg, bekertje leeg in mond, hopla, een mens is niet van steen, bekertje weg, tas dicht, nog geen trein, tas opnieuw open, fles weer opdiepen, ook bekertje, hup, wel moge het u bekomen, en 'dat we nog lang voor elkaar gespaard mogen blijven'. Nog geen trein? Ja hoor, daar komt hij. Ik rook al bijna een halfjaar niet meer – van die walgelijke verslaving ben ik tenminste af – dus kan ik in NO SMOKING instappen, waar het minder benauwd, en soms ook iets minder vol is. (Een jaar of wat geleden nog kon ik vrijwel nooit in een volle Londense ondergrondse trein reizen, of iemand begon in het gedrang mijn manlijk deel te betasten, maar dat is, heb ik gemerkt, elk jaar minder geworden, ik bedoel dat soort ontuchtige bevoelingen; trouwens, ze zouden zulke mensen moeten proberen te genezen inplaats van ze te straffen.)

Als de portieren zijn dichtgeschoven en de trein met fikse acceleratie wegrijdt, wil ik mijn bagage zo neerzetten, dat ik zelf kan gaan zitten, daarbij mijn bezittingen tegen roof in het oog kan houden, en tevens niemand hinderen. Ik schuif de weekeindtas dus onder mijn benen tegen de bank, wil de koffer op zijn smalle kant zetten om daarna een zo min mogelijk overlast veroorzakende plaats ervoor te vinden, maar wat wil het geval? Hij is er helemaal niet, die koffer! Die staat namelijk nog op het perron, dat zich met suizende snelheid al een halve mijl van ons verwijderd heeft. Een fraksie van een sekonde is het alleen nog maar een vaststelling – dan wordt het een overspoelende vloedgolf van Smart, die, zonderling genoeg, mij een hoog, neuriënd gebrom door de neus doet maken. Vervloekt weze de dag van mijn geboorte, nee, de nagedachtenis zelfs van mijn moeder die mij in haar duldzame lijf heeft rondgedragen. God, God, wat een lul, en het komt allemaal omdat ik me zo vaak 'geestig' heb aangesteld, en zo enorm leuk ben geweest, vooral ten koste van anderen, jawel. Een keel opzetten over dit en dat, ethiek, God, alles zo goed weten, of, zogenaamd bescheiden, juist niet weten, maar nu krijg ik het allemaal op mijn brood, en het komt vooral door dat eeuwige geflirt van me, en van dat rond hoereren, en me maar aan zonde en beestachtigheid overgeven, met nog een 'zwaarmoedige glimlach' erbij.

Dan gaat, heel snel, een opsomming door me heen van wat er allemaal in de koffer zit. Aan kleren niets bizonders, want ik ben nog steeds trouw aan mijn principe, dat voor op reis lompen nog te goed zijn, aangezien alles toch wordt opengehaald of nooit meer schoon kan na het gaan zitten op een zandstenen balustrade, die, om onbekende redenen, met afgewerkte stookolie is ingesmeerd. Verder de vleesschaal, wel jammer, maar nou ja, ik kom nog wel eens in Londen, en er staan op dat marktje altijd stapels Victoriaans aardewerk. Dan de volle, nog ongeopende, hele fles Vat 69, ja, dat is wel zuur: meer dan twintig gulden naar de bliksem. Maar het gruwelijkste is, dat, meer bij toeval dan bij opzet, mijn paspoort in de koffer zit. Er zonder kom ik het land niet levend meer uit, want de Duitsers zijn niet de enige natie die in Administratie gelooft. Dus gezeul naar de Nederlandse ambassade, met al die verschrikkelijke smoelen, die een mengsel uitdrukken van Ontevredenheid, Verbeelding en Domheid. (Deze drie; doch de meeste van deze is de Domheid.)

Hoeveel kans heb ik nog, dat ik de koffer weer in mijn bezit krijg? Niet veel, maar hoe eerder ik op dat perron terug kan zijn, hoe groter mijn kans, dat ligt voor de hand. Het personeel waarschuwen, dat moet ik doen, zodat iemand meteen naar dat perron rent om hem te pakken, de koffer, en meteen desnoods verzegelen ook, dat mag van mij best, en bijvoorbeeld één shilling sixpence leges + kosten van mij heffen, dat vind ik ook niet erg. Maar waar en hoe moet ik dan die waarschuwing in zijn werk doen gaan? Het eerstvolgende station is Euston, want de trein rijdt Mornington Crescent voorbij. Op het perron is nergens een stationsbeambte te zien. De beambte van de trein dan, in de verte, in de portieropening van de laatste wagon? Maar wat zou die eigenlijk kunnen doen? Voordat ik tot een beslissing heb kunnen komen, heeft de man al op de knop gedrukt, sluiten zich de portieren, en rijdt de trein weg. Nee, geen oponthoud meer, ik moet zo vlug mogelijk terug naar Camden Town, alle andere activiteit houdt slechts verlies van tijd in, en daarmee van het beetje kans dat er misschien nog is overgebleven. Op het juiste perron voor de tegengestelde richting, dat ik, na het opstormen van vier trappen en het doorrennen van een lange gang, kreunend bereik, rijdt de trein voor mijn neus weg. Elf, twaalf minuten wachten. Dan, eindelijk, een volgende trein. Er uit in Camden Town. Nu maar weer rennen: naar beneden! Daar aangekomen zie ik, terwijl ik al, radeloos, niet meer weet welke van de twee perrons het geweest is, op het ene mijn koffer precies zo staan, een beetje diagonaal, als ik hem 26 minuten geleden heb achtergelaten. Een magere, afwezig kijkende man, van middelbare leeftijd, is vlak achter mij het perron opgekomen, en hem moet ik, door die raadselachtige broederschap van alle mensen, hijgend het feit vertellen, hoewel het eindresultaat, precies als dat van het, in mijn vorige brief beschreven, instappen in de trein te Harwich, beschamend onspectaculair is: eerst ik plus koffer, nu wéér ik plus koffer – dat daaraan iets zou zijn af te zien, kan niemand volhouden.

Ik heb al visioenen van het missen van mijn trein uit Liverpool Street, van steeds ongearticuleerder wordende kleingeldpogingen in telefooncels die door locale *fading* de dood op de draad hebben, en dus van P., schreiend bij de uitgang in Braintree, voor niets. Maar waarachtig, vooral door mezelf een geweldige gelatenheid op te leggen, waardoor ik tot me kan laten doordringen wat er op de diverse aanwijzingsborden staat, haal ik de trein, niet royaal, maar toch met nog een minuut of drie, vier speling. Hij vertrekt voor driekwart leeg, en ik heb een hele koepee alleen.

Als de trein onder de stationsoverkapping uit is, haal ik

de ginfles en het bekertje weer uit de weekeindtas, want een kleine verversing heb ik toch zeker wel verdiend. Trouwens, afgezien daarvan, ben ik niet pas jarig geweest? Het zou bovendien al heel gek zijn, als er iemand in de hele trein zat, die niet deze eigenste dag jarig was. Ik bedoel, corrigeer ik hijgend na een halve beker, dat in de trein beslist iemand moet zijn en meereizen, die wèl jarig is – je zou hem op kunnen zoeken door overal in de koepees naar hem te vragen, en het dan bijvoorbeeld vieren, onderweg, de boog kan niet altijd gespannen zijn, en 'daar werd niet gevraagd naar rang of stand'. Kortom. Ik had trouwens vandaag ook nog best jarig kunnen zijn geweest, als ik gewild had. Is dat wel zo? vraag ik me toch nog even, voor alle zekerheid, af. Nou, besluit ik, (hup, nog een halve beker) hoor eens, het is wel een erg naar één zijde vertrokken voorstelling van zaken, maar ja, je mag de dingen overdrijven, dat wil zeggen scherper geschakeerd weergeven, als je ze daarmee duidelijker en overzichtelijker maakt. (Hup, floep, fles leeg, alweer een zorg minder.) 1. *Je zorgen en je narigheid | Die raak je in de kroeg niet kwijt | Al zit je er ook halve nachten | Je zorgen blijven buiten wachten.* Een waar woord, en wanneer komt er dan wel aan die zorgen een eind? Ah! Als het vuur, dat alles reinigt, je na orgelspel verteert, of als de kuil boven je wordt dichtgegooid. 2. Een woning dient met vier van de zes wanden 'in de aarde' te zijn; hoezeer zijn dan ook de bewoners van tot huizen verbouwde kazematten te benijden! 3. Men moet nooit iets aan de deur kopen, want elk op deze wijze betrokken voorwerp brengt ongeluk, maar wel moet men de koopman een gering geldsbedrag geven, opdat hij niet een vloek achterlate op huis, stallen, vee en gewas. 4. Een donkere woning werkt het nodeloos aanleggen van voedselvoorraden in de hand, of het aanleggen van nodeloze voedselvoorraden, dus het nodeloze donker in de woning, wacht nou eens even, nee, hoewel, met de moderne konserveringsmethoden, je weet het niet. 5. Ik moet de sinaasappel, die ik bij me heb, opeten, vooral ook de schil, dat P. de dranklucht niet in de gaten krijgt, want ik schaam me. 6. Niet huilen. (Flink zijn.) 7. In Witham overstappen.

Ik stap in Witham feilloos over, zonder bagage kwijt te raken, omdat ik heb vastgesteld, dat daartegen een heel eenvoudig systeem te bedenken is: twee stuks bagage (weekeindtas + koffer), die niet in één hand te dragen zijn, dat wil heel eenvoudig zeggen, dat men in elke hand iets hebben moet, dan gaat het nooit mis. Ik hoef bij wijze van spreken alleen maar te kijken: linkerhand – tas, rechterhand koffer! Als dat klopt, behoef ik slechts de handen stevig dichtgeknepen te houden, tot ik in de koepee van de goede trein ben. *Mutatis mutandis* geldt hetzelfde bij het uitstappen in Braintree, waar ik, vóór de trein nog tot stilstand is gekomen, P. al bij de uitgang zie staan, in gezelschap van de jonge Londense alkoholist D., van wie ik me nu pas herinner, dat P. hem voor dit weekeinde heeft uitgenodigd, vooral om hem in zijn moeilijke omstandigheden de troost van het landleven te schenken, want D. is pas, al dan niet wegens zijn toewijding aan het glas, ontslagen door de firma waarvoor hij jaren heeft gewerkt, laten we maar zeggen een grote gloeilampenfabriek in het Zuiden des lands, want het is niet goed om nodeloos een bedrijf in opspraak te brengen. Alles is verder, wordt mij bevestigd, wel, maar als P., alvorens we naar zijn auto gaan, zich even verwijdert naar de waterplaats, vertelt D. me, dat P. 'weer last van zijn rug heeft'. (P. heeft eenmaal in Amsterdam, bij ons, een week lang op een planken bed moeten liggen, en later, in Londen, na vier weken ziekenhuis, nog eens zes weken lang in een zwaar gipsen borstkuras moeten rondlopen, waarbovenop Wimie en ik, om de sterkte ervan aan vrienden en bezoekers te demonstreren, en nadat P. op ons verzoek op een bed of op de grond was gaan liggen, soms met zijn tweeën gingen staan.) Onderweg naar Gosfield wordt me door P. zelf onthuld, dat de recidive van zijn kwaal mogelijk is veroorzaakt door een lelijke val die hij donderdag heeft gemaakt: met een karaf ijswater en een volle fles wisky te voet op weg van de keuken naar de *music room*, en wel degelijk bukkend voor één van de venijnigste (hoewel niet de ergste, later te bespreken) deurposten, is hij over de drempel gestruikeld en plat, voorover, op zijn borstkas neergekomen. (Karaf stuk, fles wisky gelukkig nog heel.) Een paar uur later begonnen de gewone herniaverschijnselen, maar pijn in zijn voet heeft hij nog niet gehad. Als gewoonlijk, bagatelliseert hij de ernst van het eigen lichamelijk lijden, in deze nooit helemaal te doorgronden man een uiting, tegelijkertijd, van stoïcijnse heroïek en van gewone truttigheid, als van dom werkvolk dat dure medicijnen door de gootsteen laat verdwijnen; een zeer geleerd en ontwikkeld man, maar, zo mogelijk, nog eigenwijzer dan mijn grootvader van moederszijde. (Tanden poetsen heeft volgens P. voor het behoud van het gebit niets te betekenen: zijn moeder poetste immers nooit haar tanden, en miste er bij haar dood nog niet één!) Hoewel een verfijnd lekkerbek, zal hij nooit iets eten dat hij niet kent, eet bovendien tergend langzaam, loopt rond in pakken uit 1934 en op afgetrapte schoenen, hoewel hij een universitair inkomen van £ 1200, plus een privé inkomen van £ 800 's jaars heeft (terwijl hij nog drie- à vierduizend Pond van een erfenisje heeft op te maken), heeft altijd een tweedehands wagen waar dan dit dan dat aan is, wast zijn gezicht met een washandje, doet slaolie in zijn haar, zit 's morgens twintig minuten op de plee, is te verle-

gen om iemand het hof te maken ('mij wil toch niemand'),
hoewel hij een vrij knappe man is en een zeer goed figuur
behouden heeft, is gastvrijer dan iemand die ik in Engeland, of zelfs in het algemeen, ken, geeft bergen geld uit
aan eten en drinken voor zijn gasten, maar serveert nu al
zes jaar lang geen andere dan een Portugese wijn, waaraan
hij, God weet waarom, verslaafd is, maar die zo hard is,
dat alle organen er op den duur onder moeten bezwijken,
en dit volgens mijn kwaadsappige kunstbroeder W. (klas-
genoot van P. op Westminster School) alleen maar omdat
hij eightpence goedkoper is dan een gewone beaujolais; is
enorm progressief, maar heeft zijn huis ingericht met Em-
pire, deels geërfd, zeer heterogeen meubilair, waarvan ongeveer de helft bij het verzetten, en ik overdrijf echt niet,
uit elkaar dondert, terwijl het nergens in het hele huis ooit
enigszins warm is, en de gasgeyser van het bad het net zo
min behoorlijk doet als het gasfornuis in de keuken, beweert, dat hij zich niet met een elektries scheerapparaat
kan scheren (hoewel hij een lichte baard heeft); weigert te
begrijpen, dat er twee soorten ijskasten, volgens respectievelijk het absorptie- en het kompressiesysteem bestaan,
en mist, op mirakuleuze wijze, bij het lezen van de vier,
vijf dagbladen die hij smorgens, deels bij het knagen van
zijn toastje, deels naderhand nog op het kakhuis, volgens
mij moet spellen, alle berichten van kommunistiese mis-
daden; en dan te bedenken, dat ik in al die ruim negen jaren maar één keer ruzie met hem heb gehad, maar toen
goed ook, over de politiek (Berlijn, waar ik kort tevoren
geweest was) en, een paar maanden geleden, nog net niet,
maar dan ook op het nippertje, over een kat; en volgens
mij is dat toen te danken geweest aan de ongewoon grote
wilskracht, waarmede ik mezelf wist te dwingen in het geheel niets te zeggen, want anders was ik hem aangevlogen

ook. Kortom, mijn genegenheid voor deze man moet wel heel groot zijn.

Als we, bij het onleesbaar geworden, half verteerde bord (dat P., hoewel bezoekers soms eindeloos moeten zoeken, nog steeds niet door een behoorlijke, zwart-witte of blauw-witte, geëmailleerde plaat heeft vervangen, want dat zou te efficiënt zijn) voorzichtig de kapotgereden oprijlaan binnenzwenken en tenslotte, in wat voorlopig de *sitting room* heet, maar misschien later *the study* wordt, van de door mij meegebrachte Vat 69 elk een *late afternoon sip* krijgen, begint de avond al te vallen, wat de tuin een, achter de truttig kleine ruitjes versnipperde, weemoedige aanblik geeft, waardoor ik (maar dat heb ik vaak als er stilte heerst en het schemerig wordt en het uitzicht door vitrage of anderszins belemmerd wordt) aan geld moet denken, en aan wat alles gekost heeft of nog kosten zal, en vooral, of het misschien niet te veel is wat ergens voor is neergeteld, en tenslotte, of ik het geld, als ik het zelf gehad had, ook voor dit of dat over zou hebben gehad, of niet: vrijblijvende beleggingsadviezen aan mezelf dus, die echter zo reëel kunnen worden, dat ik me, soms, minuten lang zorgen ga maken over aflossingen en diverse andere vaste lasten.

Te duur of niet te duur – ziedaar de vraag die maar door me heen blijft drenzen, wat ik ook doe, of waar ik aan probeer te denken. In ieder geval is *The Gunner's Hut* een lieflijk buiten. Het bestaat uit een, vermoedelijk 17de eeuwse, 7 kamer cottage, omgeven door een fors stuk grond, dat ingenomen wordt door boomgaarden, een moestuin, stallen, houtzaagketen en broeikassen. P. heeft het dit voorjaar, met nog twee deelgenoten, voor 3000 Pond gekocht, en – waar maak ik me toch druk over? – is dat te duur geweest, gezien de op het tijdstip van de aankoop verregaande staat van verwaarlozing van huis en erve, en van de primitiviteit van de toen aanwezige voorzieningen? Het huis zelf heeft vier jaar achtereen leeg gestaan en zag er, toen ik het omtrent Pasen met P. kwam bekijken, van binnen uit als beschimmeld brood. Het erf bovendien was al langer verwaarloosd, want gedurende ettelijke, aan deze vier voorafgaande jaren, hadden in het huis Amerikaanse luchtmachtofficieren, gestationneerd op het nabijgelegen militaire vliegveld, gewoond, die in tuinieren geen van allen lust toonden. Nu ja, ik vind een verzorgde tuin wel leuk, maar zelf ben ik na een halfuur tuinarbeid al doodop. Ik zeg het maar, om bij een eventuele halfzachte lezer maar meteen de hoop op een anti-Amerikaanse of anti-Nato uitlating de bodem in te slaan. (Genoemd vliegveld bevalt P., die, zoals ik al schreef, een halve Sowjetvereerder en een hele pacifistiese kapitulant in de 'Hier is het helemaal niks!'-trant is, allerminst, en hij ergert zich geweldig aan de straaljagers, die hier dagelijks bij zwermen door de lucht dreunen, terwijl ik daarentegen ze graag mag zien en horen – wat ik uiteraard niet verzuim hem te kennen te geven – zoals hun aanblik ook mijn hier slechts 65 kilometer vandaan wonende kunstbroeder W. met voldoening vervult: 'The good weather brings them out,' pleegt deze, na een blik omhoog, goedkeurend op te merken.)

Enfin, drieduizend Pond dus, maar alles beschimmeld, stuk, gammel, en verrot; stroom uit een aggregaat, water uit een welpomp, open haarden uit een tijd dat bediendenarbeid zo goed als niets, en hout helemaal niets kostte. Aansluiting op het stroom- en het waternet, inrichting van een keuken, en aanleg van een centrale oliestookverwarming, hebben P. en zijn mede-kopers, geloof ik, zoiets als 2200 Pond extra gekost. Rond het desnoods af naar beneden, zit ik te prakkizeren, zeg bij elkaar dus vijftigduizend gulden. Dan de meubelen, ijskast, de hele inrichting, schilderen, behangen, houd het desnoods goedkoop, dat is toch wel duizend Pond daar bovenop, maak er bij elkaar dan maar zestigduizend gulden van. Verdomd, van de rente daarvan zou ik, als het moest, kunnen leven.

Als ik eenmaal zó ver ben, komt de oude, vrijwel onzinnige rêverie op. En toch, het zou eens kunnen gebeuren: gesteld dat de regeringssubsidie per tijdschriftpagina, door een roekeloze bui van een minister, met bijvoorbeeld 3 of 4 gulden omhoog ging? Het bedrag is nu 4 gulden, en het zal waarschijnlijk niet – al is het, naar ik hoor, in België al 15 gulden – sneller dan met f 1,50 per jaar stijgen, maar stel eens, dat ik door elke dag alleen maar te schrijven, 250 gulden in de maand kon verdienen? Ik word het volgend jaar al veertig, maar toch heb ik een vermoeden, dat ik de verwerkelijking van dit visioen zal mogen meemaken, want tenslotte hebben ze ook, binnen een paar jaar tijd zelfs, het subsidie van 2 op 4 gulden per 400 woorden gebracht, dus wat zal ze beletten om er bijvoorbeeld nog eens 3 gulden bij te doen? Die waagt die wint, regeren betekent risicoos durven nemen, een volk dat leeft bouwt aan zijn toekomst! Al een tijd lang wordt er gesproken en vergaderd, heb ik gehoord, en ze zeggen zelfs dat je dan voor gedichten 25 gulden per pagina gaat krijgen, dat is in elk geval meer dan die f 2,50 per gedicht waarvan Wim Kan gezegd heeft, dat het nog 'aardig kan oplopen'. Niet dat ik alsmaar gedichten maak, maar je weet het nooit, en een gave, die kan je ontwikkelen, kijk maar naar Van Gogh; en zoals die man geleden heeft! Jesus Christus, uit de dalles! Als ik ooit, door bemoeienis van mens, God, of Oude Slang (want ik heb tenslotte een winkel, en kunst heeft niets met politiek te maken) met schrijven 2500 gulden netto sjaars kan verdienen, dan moet ik mij opnieuw op alles beraden, en moet ik zeer zeker de betrouwbaarheid van al die berichten onderzoeken, volgens welke je in Zuid-Spanje heel goed van 125 gulden, en van minder zelfs, per maand kunt leven. Voorlopig geloof ik die verhalen niet, en overweeg ik daarom, ter plaatse een onderzoek te gaan instellen. Maar als het waar is, dan zie ik niet in, waarom ik in Nederland maandelijks aan brandstof hetzelfde bedrag zou uitgeven waarvan ik in Spanje bijna al zou kunnen bestaan, zonder dat ik daar minder goed zou kunnen schrijven, integendeel, die stijfheid van mijn rechter pols en de pijn in mijn rechter bovenarm en schouder zouden daarginds over zijn, of, indien niet, dan zou ik tenminste zeker weten dat ik me moest ophangen, van uitstel komt maar afstel, noem het maar negatief, wat ze daarmee bedoelen weet ik niet, want ik ben een mens die God erkent en liefheeft, maar hij heeft ons naar zijn beeld, dat wil zeggen vrij, geschapen, en de vrijheid om er een eind aan te maken als het je te veel wordt, die vrijheid is een onvervreemdbaar, fundamenteel menselijk recht, waarvoor ik vind dat we moeten vechten en blijven vechten.

Nu moet u weer niet denken dat ik Nederland geen fijn land vind, helemaal niet, ik bedoel juist van wel, en Engeland ook, een geweldig fijn land hoor, gerust, en afgezien van dat gedoe in mijn rechter arm, heb ik het best naar mijn zin, thuis altijd, enorm, maar nu, hier, in Gosfield, ook. Het kon wat warmer, maar het is hier in elk geval niet kouder dan in P. zijn huis in Londen. Het beroerde is alleen, dat mijn verblijven hier elke keer net te kort duren om mij aan de lage deuropeningen te doen wennen, die uit een tijd stammen, toen de mensen veel kleiner waren. Eén doorgang, boven, is bovendien extra laag, wat men echter niet ziet, omdat men vlak ervoor een trapje van een paar treden op moet, en hier stoot men dus, hoewel men der gewoonte getrouw flink bukt, toch na weken nog dagelijks zijn kop. Mij is het al een stuk of dertig keer overkomen, waarbij ik soms heb gehuild van woede, en Bob – die ik zo dadelijk zal inleiden – heeft boven eens een uur bewusteloos op de vloer gelegen, tenminste, zo lang bleef hij op onverklaarbare wijze weg, terwijl hij naderhand niet wist wat hij in die tijd gedaan had, maar wel vlak achter de haargrens, vóór op zijn kop, een bloedige bult had. Deze Bob is een van de beide andere partijen in de eigendom van de *Hut*, een slanke jongeman van 27 à 42 jaar, die bij het spreken reeksen wringende bewegingen met zijn lichaam maakt, zich zo truttig uitdrukt dat men bijna niet de aanvechting kan bedwingen, hem door voorgewend verkeerd begrijpen te sarren, maar toch, zonder vooroordeel beschouwd, een hartelijk en oprecht persoon is, waaraan het feit, dat hij in het geheim, zoals ik eens door een toevallige waarneming heb weten vast te stellen, onder de bovenlaag van zijn grof gegolfde, blonde haar, ter handhaving van het moeizaam bereikte model, een grote haarspeld draagt, niets kan afdoen.

Nu dan de bizonderheden aangaande mijn onenigheid met P. over een kat. In augustus van dit jaar, twee dagen voordat ik, op de terugreis van Edinburgh naar Amsterdam, voor een verblijf van een week op de *Hut* aankwam, had Bob onder een stapel hout in een van de schuren een bijna doodgehongerd, verlaten katje van een week of vijf oud gevonden. De aanblik van het diertje, dat ik bij de haard in een kistje aantrof, waarin Bob het gelegd had, was zo zielverscheurend, dat mijn eerste gedachte was, dat het beter was geweest als hij het maar meteen bij het vinden had gedood: het zelfs voor de geringe ouderdom nog veel te kleine lichaampje was zo uitgeteerd, dat de druk van de uitstekende botten de vacht (het was een rood katertje) en opperhuid op veel plaatsen kapot had gemaakt, terwijl het gedeeltelijk kale buikje door verstopping, of oedeem, zwaar was opgezwollen. Toch moest het wezentje nog levenskansen hebben, want het had beide dagen iets gegeten en iets gedronken. Nu verbaasde het mij al, dat P., die het vaak over de wenselijkheid, gezien de grote door vogels veroorzaakte schade, van aanschaf van een kat had gehad, niet, indien hij het beestje in het leven gehouden wilde zien, ermee naar een dierenarts was geweest. Ik stelde voor dat we dit alsnog zouden doen, maar P. toonde geen geestdrift. Zoeken in het locale telefoonboek leverde me niets op, zodat ik voorstelde, dat we de volgende dag met de auto naar Braintree zouden gaan om daar een veearts of dierenkliniek te zoeken. Het trof gelukkig, dat P. de volgende dag toch, voor aankoop van tuingereedschappen en zaden, naar Braintree moest, dus mijn plan kon doorgang vinden. Had P. niet naar Braintree gemoeten, dan had er, als hij het verdomd had uitsluitend voor de kat te gaan, onmin van kunnen komen, dat weet ik zeker, maar P. moest er wèl heen, enfin, ik zeur, maar ik ben het weer helemaal: me kwaad makend over iets dat iemand misschien, in een situatie die nooit is voorgekomen, gedaan zou hebben. Verdomd, op dit eigenste ogenblik stijgt de woede alweer tot aan mijn keel omhoog, hoe is het toch mogelijk.

De volgende dag in Braintree vond ik, met poes in doos onder de arm, terwijl P. zijn inkopen deed, na enig zoeken een dierenarts, moest wel lang wachten op allerlei afschuwlijke, stinkende en snuivende honden met obscene, zwartbekorste reten die voor mij waren, maar het consult van de arts hield in, dat het diertje het wel zou halen, als we het goed warm zouden houden, en goed voeden met afwisselend gekookt en rauw, bloedrijk vlees, lever, etc., en ook nog met kleine hoeveelheden verdunde melk. Hij laxeerde het dier door het behendig, zonder morsen, een volle eidop paraffine-olie binnen te gieten, en vroeg mij de volgende dag terug te komen, opdat hij het dan van zijn wormen zou ontdoen, een ingreep die hij, gezien de zwakte van het beestje, liever tot een etmaal na de laxering wilde uitstellen. Consult slechts two and six (ƒ 1,25), en Gerard weer blij de deur uit met poesje. Ik kreeg P. zonder veel moeite zo ver om me de volgende dag weer naar Braintree te rijden, maar over het eten en drinken dat het diertje moest hebben, zijn we een oorlog maar net, op een haarbreedte, gepasseerd. Ik vertelde hem wat de dierenarts had gezegd, en raadde hem aan, vooral zeer goed vlees voor het beest te kopen. 'Trouwens,' zei ik nog, 'een kat moet dezelfde kwaliteit voedsel hebben als die je zelf gebruikt. Een huisdier behoort niet, al denken veel mensen van wel, gevoed te worden met afval.' (Hier begon ik al zwaarder te ademen.) 'Koop in elk geval de eerste weken mooi, mager rundvlees voor hem.' Het moment van uiterste spanning brak aan, toen P., met een lichte snuiving, antwoordde: 'I shall certainly not give it what I eat.' Ik weet zeker, dat dit antwoord niet was ingegeven door zuinigheid of gierigheid, maar door het nog steeds wijd verbreide, rotsvaste bijgeloof, volgens hetwelk men een dier inferieur, en als het enigszins kan, zelfs bedorven, voor menselijke konsumpsie ongeschikt geworden voedsel moet geven.

Ik betwijfel, of er op de mens de morele verplichting rust, enig dier, in welke toestand het ook verkeert, in zijn huis op te nemen, maar wel weet ik zeker, dat wie een beest als huisdier in zijn woning neemt en er niet goed voor zorgt, een zeer zware zonde begaat en verdient, in een zak te worden genaaid – ik bedoel niet geslachtelijk gebruikt terwijl hij in een zak zit, al zou hij dat ruimschoots verdienen, maar door dichtnaaiing ervan erin opgesloten – en dan met dorsvlegels te worden doodgeknuppeld.

Ik vind het een hele prestaatsie van me, dat ik me doodkalm hield, en op P. zijn antwoord niets terugzei. Van dat ogenblik af ging ik echter behoedzaam te werk, volgens het beginsel dat wie niet sterk is, zich uitgekookt moet tonen. P. vond restjes vlees van vijf dagen tevoren, uit de vliegenkast, op de rand van het bederf, voor poesje bij uitstek geschikt, en gaf het in thee en koffie schiftende, niet eens meer voor soepen of sausen te gebruiken melk van zowat een week oud te drinken (en waarom in Godsnaam, want het ging om hoeveelheden van enkele vingerhoeden). Ik heb niet vaak dezelfde voldoening gevoeld als wanneer ik, zodra P. zich lang genoeg verwijderde, flinke stukken vers vlees uit de ijskast haalde en haastig melk van dezelfde ochtend op een schoteltje goot, om daarna de schoteltjes te verwisselen en het vlees listiglijk, bij kleine beetjes, aan het dier te gaan voeren. En in de hoede van de kandidaat-katholiek A., in mijn *Brief uit Amsterdam* al eerder opgetreden, die hier in augustus ook logeerde, liet ik bij mijn vertrek tien shilling achter voor zes à acht porties vlees, op dagen dat de ijskast niets te bieden zou hebben.

Maar een raadsel blijft het voor me, en het is nog altijd iets dat me intrigeert, die slechtheid jegens dieren. Ik heb wel een vermoeden: ik denk, dat het op een bepaalde hoogmoed berust, (die men vooral bij mensen aantreft bij wie de rede de maatstaf van alle dingen is, mensen zonder mystiek), volgens welke goede, zorgzame behandeling van een dier in strijd zou zijn met de waardigheid, en vooral het prestige, van de mens.

Wie daarentegen goed is voor dieren, kan heel best een

slecht mens zijn, dat weet ik ook wel. Maar wie slecht is voor dieren, kan nooit een goed mens zijn, dat is de konklusie waartoe ik gekomen ben, en ik zou er wel van af willen, want P. zijn gedrag jegens de poes was, buiten elke twijfel, slecht, en een beroep op onwetendheid kan voor hem niet gelden.

Ik ben wel wat zwaar op de hand, dat geef ik toe, en waarom ik dat hele verhaal over de kat moest neerschrijven, weet ik niet, maar wel, dat deze kwestie op een of andere wijze diep met mijzelf te maken heeft – het spijt mij, dat ik het niet pienterder kan formuleren. Misschien wel meer dan wat ook, obsederen me leed en schuld – als ik daar zo langzamerhand niet achter was gekomen, dan was ik wel een grote stomkop. Maar mijn motieven in het ondergaan van deze obsessie blijven vaag en duister, terwijl woede en haat er de schrale oogst van blijven vormen. Voor woede is op deze middag van mijn weerzien met de *Hut* geen aanleiding, en toch maak ik mij al bij voorbaat kwaad over de toestand, waarin ik de kat, die leeft en thans *Hermes* heet, na drie maanden meen te zullen aantreffen. Deze ziet er echter, als ik hem, spinnend op een kussen, in de eetkamer aantref, onberispelijk uit, zijn vlees is stevig en gespierd, zijn fraai getekende vacht glanst, en zijn lippen, tandvlees, gebit en ogen tonen niets dan gezondheid. Ik begin het dier met schaamteloze sentimentaliteit toe te spreken, tot ik het janken gevaarlijk dicht ben genaderd. Gelukkig staat op een dienblad in de vensterbank de halve drankvoorraad van het huis – gin, martini, aquavit (waar komt die nou vandaan?) met schone glazen erbij, schaaltjes vol ijsblokjes, citroen aan plakjes, alles volledig verzorgd zou je kunnen zeggen, de flessen geopend en nog voor driekwart vol, geen bewaking of toezicht, niks – ik ben alleen met Hermes in de kamer, en die vindt het goed.

('Baasje mag best drinken als baasje dat wil. Baasje is lief.') Nou, als ik u niet ontrief, vooruit dan maar. Een *gin and french* dan, maar niet zoveel french, of hoe zou het precies smaken zonder french, misschien een beetje eksentriek van me, maar het moet toch kunnen. Een wijnglas is even gauw gevuld als een kinderhand, en de rest is slechts een kwestie van opheffen, met de vrije hand loom het teken des kruizes maken, en de vloeistof 'van het ene vat in het andere gieten', waarbij 'de vorm verandert, maar het volume ongewijzigd blijft'. Ja ja, dat kon nog best waar wezen ook. Glas met zakdoek weer droog poetsen, zedig naar de vloer kijken, bijna onhoorbaar neuriën, het is de mens allemaal als het ware door de Natuur meegegeven: je redt je toch altijd maar schitterend, al is het je op geen school ooit geleerd.

Het is overigens wel een kopstoot, dat hele glas ineens. Als ik niet eerst wat afkoeling zoek, zal ik mezelf door spraak en bewegingen verraden. Ik schrijd behoedzaam de voordeur uit en slenter, mijn gezicht in een zo dromerig mogelijke uitdrukking brengend, de tuin in. Het is al schemerig geworden, en alles ligt onder een vermoeid, wel gezeefd, maar omdat je nergens aan toe komt vochtig geworden licht, alsof ik in een fles zit. Maar dat kan, want alkohol, gedronken, eerst in fles, waar of niet, het klopt, het beeld laat zich horen, alles geestelijk wel te verstaan.

In de *sitting room* hebben ze me in de gaten, maar dat maakt nog niks uit, als ik maar niet mal doe. Ik beperk me dan ook tot een zeer lichte buiging, die niet meer is dan een uitgebreide hoofdknik. We redden het wel. Als ik ben blijven staan aan de rand van de vijver, voor welks versiering ik altijd nog het plan heb, P. een hengelende kabouter kado te doen, al was het alleen maar om van zijn snobistiese woede te genieten, stel ik vast, dat ik niet lazarus ga worden, en dat de alkohol mij niet driftig, roekeloos of verbitterd, maar zachtmoedig, aandachtig en godvruchtig heeft gestemd. Alles is Eén, dat om te beginnen, maar daar is nog geen kunst aan. Nee, sterker nog: de waarheid ligt bij wijze van spreken voor het grijpen, en het is, kunnen we gerust zeggen, een kwestie van nu of nooit, ik jou of jij mij, noem het een woordenstrijd, liefst niet zwaarder, nee, ik heb het niet kleiner. Aan het onderwijs zou trouwens ook nog een hoop verbeterd kunnen worden.

Laat ik maar weer naar binnen gaan, vind ik, want het begint nu toch killetjes te worden, en het lulsnijdersmannetje slaapt ook niet, je kan niet voorzichtig genoeg zijn, het is al half donker, en met al die heggen en struiken, je zou aan alle kanten ogen moeten hebben: ook hier is voorkomen beter dan genezen, of liever gezegd, genezen zou niet eens mogelijk zijn, al hebben ze wel eens een voet van een jongen die er af was weer gauw er aan gezet, maar met een nier bijvoorbeeld, dat lukt zowat nooit, hoe snel de lezers van advertentiebladen ook het geld voor vliegbiljetten bijeen krabben; de natuur, vind ik, dat is iets wonderbaarlijks.

Leeft sober, dat wilde ik u nog zeggen, want uit de onmatigheid komen in dit tranendal vrijwel al onze kwalen voort. Ziezo. U kunt er stellig op rekenen, dat ik, zodra zich een gelegenheid voordoet, op alles nader zal terugkomen.

Dit was niet Max Tak in New York, maar, integendeel, Gerard Kornelis van het Reve in Gosfield, Essex, die uw broeder is in de verdrukking en het Koninkrijk van onze enige heer Jesus Christus, en die u van ver, ver weg, van helemaal aan de andere zijde van de zee, zijn welgemeende Najaarsgroet doet toekomen, waarbij hij de bede uitspreekt, dat de Geest, die vuur en liefde is, eens ons allen moge troosten en leiden.

Brief Uit Schrijversland

(MODERN TOERISME)

Rotterdam, aan boord van het m.s. 'Lethe'. Donderdag 9 mei 1963. Er schijnen auteurs te bestaan, die niets hebben om over te schrijven. Welk leed het bestaan ook voor mij inhoudt, die door zoveel kunstenaars gevreesde leegte ken ik niet, en zal ik vermoedelijk ook nooit kennen. Men kan bij God niet zeggen, dat ik niets heb om over te schrijven, integendeel: het beroerde is juist, dat het altijd zes, zeven dingen tegelijk zijn, en dat, terwijl de woede over het één mij nog ademnood bezorgt en grommend de kamer op en neer doet lopen, de razernij over het ander zich al aankondigt, ja, niet zelden zich ongegeneerd bij de reeds aanwezige gevoelens voegt. Kiezen, en over het één schrijven en pas daarna, of helemaal niet, over het ander, en dan nog in de juiste volgorde, daar gaat het om. Die volgorde is weer afhankelijk van het verband, want bijna alles heeft met elkaar te maken, etc. Het schrijven is een kwelling, ja, misschien niet voor Anne H. Mulder, volgens wie je een hengselmandje met een sopje moet schoonboenen en daarna met was inwrijven en er dan flessen wijn in zetten, fleurige doeken daartussen, een bosje peterselie, en dan moet je, met dat mandje aan de arm, bij verrassing, bij vrienden aangaan, en 'fluiten onder een raam, omdat het zomer is' Ik ben blij, dat er nog andere dingen worden geschreven dan al die nihilistiese narigheid van die jongeren, die maar op alles afgeven: want leven, ademen, blij zijn dat je een stukje van de wereld bent, dat vind ik iets enorms, hoor. En dan nog kunstenaar wezen ook. Weet u wat wij zijn? Wij kunstenaars zijn *gebenedijden*. Dat zegt Bavink tegen Koekebakker, en ik zeg het hem na. Weliswaar is gezondheid de grootste schat – daarop heb ik gisteren nog mijn welgestelde Vriend en Beschermer Q. gewezen, in wiens Kapitale Villa in het nabijgelegen R. ik de afgelopen week heb gelogeerd, en bij wie de arts de dag eergisteren te hoge bloeddruk heeft geconstateerd – maar als je schrijven kunt, dan ben je ook rijk. Dat ik schrijven kan, daaraan mag ik op dit ogenblik niet langer twijfelen, waarop ik me bevind temidden van keihard, onregelmatig, in zijn plotselinge wijzigingen van schrilheid en volume telkens de schrik van een ongeval teweegbrengend lawaai, welke herrie ik bovendien onderga in een scheepshut, op welk verblijf, wat modern comfort en propere degelijkheid betreft, niets valt te zeggen, maar waarin, God alleen weet misschien waarom, zulk een onmeetbaar groot Verdriet van de Verlatenheid der Zeeën huist, dat het alleen al daarom normaal ware geweest, indien ik deze aan het uitvaren voorafgaande uren van wachten, dadenloos, zonder ook maar een kras op het papier te kunnen zetten, doodstil zittend en met wijd geopende ogen voor me uitstarend, zou hebben doorgebracht. (Al een week lang trouwens probeert een boze geest der godheid mij het schrijven te beletten, en wat ik al niet gedaan heb om hem te verjagen! Gisteravond nog, bij Q. thuis dus, in R., na de tweede fles wijn, Hoed opgezet in gang, Verminkte Oorlogsinvalide Zijn Gezicht gedaan, oren bewegen voor spiegel, verlegen of als Hond kijken. En gelachen dat we hebben! Maar als u me vraagt of het geholpen heeft, dan luidt weer het antwoord: nee hoor! Iedereen is aldoor geweldig lief voor me geweest, eerlijk waar, God zal het ze lonen, maar ik ben zo eenzaam, zo helemaal zonder vrienden! Ik ben alleen op de wereld, Wimie 'is' nu definitief met het loodgietende Prijsdier M., mijn moeder is dood, en niemand, niemand houdt echt van me. Toch heb ik al die dagen geschreven, ondanks het gekrijs dat de kinderen op trap en overloop uitstieten en waartegen ik, op de transistor voor het raam, Radio Veronica had aanstaan; ik vind het fijne en gerieflijke dingen, die toestellen, en ze lijken mij ook enorm fijn om mee te nemen op weekeindes, naar bos en hei bijvoorbeeld, of naar het strand.)

Hier, in deze hut, geloofd weze de Geest die waait waar Hij wil, schrijf ik, en dit wil zeggen, dat mijn bestaan gerechtvaardigd is. Het schijnt, dat ik de overweldiging, door lawaai, geuren en herinneringen, aan het overwinnen ben, en dat veel van wat mij vroeger verlamde, nu zelfs in staat is mij te inspireren. (Wie weet, wordt mijn Ziel wel steeds gezonder, of misschien ook niet – ik heb van die dingen erg weinig verstand – maar in ieder geval trekt hij zich tegenwoordig van heel wat zaken geen bal meer aan.) Toch blijven er tal van attributen, die machtiger zijn dan al de kracht die mijn ziel kan opbrengen. Ik moet vooral niet overmoedig worden door te menen, dat ik met het Woord alles zou kunnen onderwerpen. Voorzichtigheid, uiterste voorzichtigheid blijft geboden: ik kan onderweg dit schip niet, als een partikulier huis aan wier bewoners je plotseling de schurft hebt gekregen, verlaten, en de pogingen om interieur en opvarenden te beschrijven, zouden, door de onmogelijkheid om mij, voor hoe korte tijd ook, aan de indrukken te onttrekken, gemakkelijk kunnen resulteren in toch overweldigd en verlamd worden, wat zou inhouden dat ik niets meer zou opschrijven, waarna het bestaan zou neerkomen op hoofdschuddend mompelen en geheim klokklok uit de fles doen. Dat risiko mag ik niet nemen. Vandaar, dat ik mij voorneem, in deze brief geen tastbare ervaringen aan boord, maar meer algemene zaken te behandelen. (Waarmede ik een aantal mensen, onder wie een naast familielid, stellig een plezier doe, want genoemd familielid kan zich niet voorstellen, dat 'al die persoonlijke dingen een ander mens ooit zouden kunnen interesseren', terwijl, van de overigen, sommigen mijn geschriften exhibitionisme noemen, een woord van Latijnse afkomst, waarvan het gebruik laat zien dat de spreker niet van de straat is, al verdenk ik hem er in dit geval van, niet goed te weten wat hij bedoelt. Bijna al mijn werk immers kan gerekend worden tot de *bekentenisliteratuur*, maar met exhibitionisme heeft dat niets te maken. Zich op straat ontbloten kan iedereen, en wat er dan te zien komt is iets zeer onoorspronkelijks, want tevoren stond alvast, of kon met bijna volledige zekerheid vermoed worden, dat er onder de kleding een geslachtsdeel aanwezig was, aangezien zo goed als iedereen dit bezit. Iedereen kan zijn lul, respectievelijk vrouwelijkheid laten zien, maar niemand kan zo schrijven als ik – daarin zit hem het verschil. Zodra het getoonde onpersoonlijk is, kan men pas van exhibitionisme spreken. Dingen over jezelf vertellen is geen exhibitionisme: de exhibitionist immers vertelt niets over zichzelf. Men zou bovendien moeten leren wat meer oog te krijgen voor niveau, waarover later meer.)

Voorts is er nog een minstens even geldige reden, waarom ik het zo min mogelijk over dit schip en zijn bemanning wil hebben: ik heb mijn passage op deze kustvaarder, die straks met bestemming Lissabon gaat vertrekken, alsook het vervoer van mijn H.M.W., die op het tonnagedek staat vastgesnoerd, verzorgd gekregen door mijn reeds eerder genoemde Vriend en Beschermer Q., aan wiens rederij het schip toebehoort. Tot nu toe heb ik geen enkele gegronde klacht, maar al zou mij onderweg van alles niet bevallen, dan nog zou ik mij wel wachten om mijn ontevredenheid ter publikaatsie op schrift te stellen, want misschien ben ik, bij een eventuele terugkeer, opnieuw op deze boot aangewezen, en al acht ik de kans niet groot dat koopvaardijkapiteins de postbode tegemoetlopen als er een nieuw nummer van *Tirade* uit is, je kunt nooit weten. De naam van de boot, dat zullen de lezers met een klassieke opvoeding reeds begrepen hebben, is fictief, alsook het initiaal van mijn Weldoener, maar hijzelf zeer zeker niet, en ik sterf liever dan dat ik zijn identiteit onthul, aangezien ik veel te bang ben dat anderen naar hem toe zullen gaan om Bescherming te verkrijgen of misschien zelfs, om Geld van hem te vragen – mijn halve lichaam jeukt al van woede bij de gedachte alleen – wat hij misschien nog gek genoeg zou zijn om te geven ook, wie weet, want hij is, althans volgens mijn boerse maatstaven, onvoorstelbaar rijk, en dat moet niet, ik bedoel dat hij Bescherming, Goederen of Geld zou geven aan anderen dan aan mij. Nu weet u het.

Mijn reis zelf heeft intussen, dat is een merkwaardige coïncidentie, ook te maken met Geld, en dit is, behalve een meer algemeen onderwerp als in het voorafgaande bedoeld, bovendien nog een onderwerp dat, althans volgens mij, net zo min verveelt als elke dag vis. Waarom zou ik het dan ook niet gedurende deze hele brief over geld gaan hebben, want op dit gebied, vooral wat betreft de nood van de kunstenaar, (de kunstenaar in de branding, het kunstenaarschap op de helling, de maatschappelijke positie van de kunstenaar, de kunstenaar in positie), komt het een en ander kijken, en ik heb zin om de zaak nu eindelijk eens behoorlijk grondig uit de doeken te doen.

Een paar maanden geleden schreef ik, dat geld misschien wel de enige eerlijke en fatsoenlijke drijfveer tot schrijven was. Dat 'misschien' is nu vervallen, en mijn vermoeden is tot een onwrikbare overtuiging geworden. Nu wil echter het geval, dat tot nu toe in Nederland vrijwel niemand er ooit in geslaagd is, met schrijven genoeg geld te verdienen om zelfs op de allernederigste wijze in zijn onderhoud te voorzien, ook niet, wanneer zijn werk algemeen door critici en kunstminnaars werd bewonderd en publiekelijk geroemd. Wie in Nederland schrijft, schrijft niet voor geld, zodat voor de Nederlandse auteur genoemde 'enige eerlijke en fatsoenlijke overweging' die een drijfveer tot schrijven zou kunnen vormen, tot nu toe heeft ontbroken: vandaar het relatief lage niveau van onze literatuur, inzonderheid dat van ons proza. Waarom kan de Nederlandse schrijver met schrijven geen geld verdienen? Ik verwerp de nog steeds algemeen gangbare, maar nooit bewezen opvatting, dat het kleine taalgebied hieraan schuldig zou zijn: op ongeveer 15 miljoen zielen, wonend in een van de rijkste gebieden der aarde, oplagen, ook van beroemde romans, van hoogstens 5000 stuks; bundels van beroemde dichters in oplagen van hoogstens 750 exemplaren; een zelden boven de 850 uitkomend abonnemententotal van literaire tijdschriften – als men deze getallen overweegt, beseft men, dat het argument van het te kleine taalgebied pure kletspraat is.

De deplorabele positie van de Nederlandse beroeps-schrijver berust in de eerste plaats op die merkwaardige, specifiek Nederlandse instelling ten opzichte van het schrijverschap, die bestaat uit een mengsel van calvinisme, kleinburgerlijke kultuurloosheid, en overspannen romantiek: enerzijds is elke cent die wordt uitgegeven aan iets zo zondigs respectievelijk nutteloos als kunst in het algemeen en literatuur in het bizonder, weggegooid geld; anderzijds zijn kunst in het algemeen en literatuur in het bizonder zulke grote en hoge dingen (de door anderen reeds gesignaleerde vergoddelijking van de kunst), dat geldelijke beloning eigenlijk beneden hare waardigheid is. De konsekwentsies van deze instelling zijn onder andere de volgende: 1. Men geeft geld uit aan bier, jenever, zeilboten, eten, kreeft, bioskoop, automobielen, benzine, modieuze kleren, nutteloze voorwerpen, schoeisel, nieuwe meubels, maar *nimmer of nooit* aan boeken of literaire tijdschriften, ook al praat men volop mee over problemen van literaire vormgeving: boeken *koopt* men niet, die *leent* men, of men probeert ze de auteur door allerlei laf gevlei af te troggelen. En nu ik dit neerschrijf moet ik, opnieuw bevend van woede, denken aan de schilder of mozaïekman Raymon B., door mij wegens zijn alpinopet (*Sybren Polet/Draagt een alpinopet*) en ietwat voorovergebogen gang 'Bultenaar B.' genoemd, die, ik denk een jaar of twaalf, dertien geleden, mij wel een maand lang, zowat op zijn knieën, om een exemplaar van *Werther Nieland* smeekte, voor hemzelf, voor zijn zieleheil, zijn vrouw, zijn gezin, zijn kinderen – twee stuks, beiden omdat hij te gierig was om geld voor kapotjes uit te geven, uit stommiteit verwekt en dus ongewenst, de neurotiese schapen – zijn ontwikkeling, wat niet al, nee, alles, alles! Ik was toen zo arm als een rat, dus die ƒ 1,50 die het mij ging kosten, zelfs die som viel mij nog zwaar, maar ik gaf hem tenslotte het gevraagde werkje ten geschenke, om twee maanden later, toen ik hem terloops eens vroeg wat hij ervan gevonden had, te horen dat hij het nog niet gelezen had, maar het wel aan een vriend had uitgeleend, die het 'niet zo erg goed' had gevonden. 2. Men dringt gaarne de woning van de bekende schrijver binnen, om zijn drank op te maken, maar volgens een door mij opgemaakte, provisoriese statistiek heeft slechts 6 % van deze indringers ooit enig werk van mijn hand gekocht, terwijl de conversaatsie nooit over iets anders gaat dan over de vraag 'of ik daar of daar misschien nog een exemplaar van heb liggen'. 3. Men komt gaarne voor krant of radio een interview afnemen, maar voor de tijd, en voor de rente en afschrijving op je zenuwen, wenst men nimmer iets te betalen. (Hierin begint, wat de radio betreft, een kentering ten goede te komen.) Men bezigt hier altijd het argument van de reclame voor de auteur, waar deze maar al te vaak invliegt. Interviews en recensies hebben echter op de verkoopcijfers van een boek gene de geringste invloed, omdat geen sterveling ze beluistert, respectievelijk leest. Hoogstens kan men zeggen, dat een goede recensie de verkoop van een boek niet schaadt, en het kan niet ontkend worden, dat een goede dagbladkritiek op een dichtbundel soms de bestelling van één exemplaar ten gevolge heeft. 4. Ik zweer, bij de Levende God, dat ook het hierna volgende waar is: bijna wekelijks werd ik tot nu toe aangezocht, om voor niets – soms met aanbieding van vergoeding van reiskosten, eerlijk is eerlijk – een lezing te houden of in een forum zitting te nemen. Nog geen drie maanden geleden belde mij de theaterfluim T. op, of ik, alweer voor niets, in een of ander toneelforum wilde zitting nemen, en hij was nog verbaasd ook dat ik weigerde, terwijl het mij wel degelijk verbaasde dat ik kalm bleef en beleefd. Of een of andere uitgeverij die mij opbelt, want ze gaan een Prachtboek maken, waarin getekende portretten van Bekende Mensen komen te staan, plus een interview met elk. Of ik een uur of tien wil poseren, natuurlijk weer gratis en voor niets, want 'alleen al die publiciteit'! Etc. Die keer ben ik wèl kwaad geworden, en heb ik de man, wie het ook was, verteld dat zijn hele boek voor de verkoop van mijn werk van precies even veel belang was als

een hondedrol, met misschien nog het nadeel, dat wie die
ƒ 22,75, of wat voor nepsom, voor hun boek heeft neergeteld, in geen geval nog geld voor literatuur gaat uitgeven.
Het is allemaal samen te vatten onder de door Melle be-
dachte noemer *Modern Toerisme*. Dit houdt in, dat men
even een bezoek gaat afleggen bij de schilder, zogenaamd
om een schilderij te kopen, maar die koop gaat niet door,
want het doek moet passen bij een appelgroen behang.
Daarna worden negen mappen met pentekeningen over-
hoop gehaald, waarbij het werk van des bezoekers keuze
helaas niet gekocht kan worden, omdat de ruimte aan de
wand tussen de beide kasten, thuis, net iets te krap is. En
een maand zowat geleden schreef het Leidse genootschap
γνωθι σεαυτον (dat is Grieks en betekent 'Ken Uzelve') mij
aan, met het verzoek, tegen vergoeding van reis- en 'andere kosten' in een forum te komen zitten over de plaats van
de literatuur in de golfslag van deze tijd, of een verwant
onderwerp. Ik heb ze teruggeschreven dat ik gaarne voor
100 gulden, inclusief reiskosten mits ze de vijf gulden niet
te boven gingen, op wilde treden, zingen, de hele nacht
door blijven debatteren, net wat ze maar wilden, maar dat
ik mij pas kon veroorloven voor minder te spreken, zodra
de regering haar subsidie voor de auteur, per tijdschriftpagina zou hebben verhoogd van 1 tot 21/2 of 3 cent per
woord, en dat het bestuur zich, in geval hun iets onduide-
lijk was, voor nadere toelichting maar tot mijn Geleerde
Broer moest wenden.

Inmiddels mogen wij niet uit het oog verliezen dat de
houding van de meeste Nederlandse schrijvers tegenover
hun schrijverschap een afspiegeling is van de hierboven
met voorbeelden beschreven mentaliteit. Ook de auteur
zelf staat ambivalent tegenover de kwestie van de geldelijke beloning. Hij ziet zich zelf zelden in het licht van een

nuchter oordeel, maar afwisselend als een nietsnut en als een god, en nooit als iemand die waren vervaardigt waarvoor hij, domweg, als iedere producent, centen moet hebben. Aldus is de beroerde economiese situaatsie van de Nederlandse auteur in niet geringe mate zijn eigen schuld. Heel langzaam is zich ten deze een kentering begonnen te voltrekken, en het Schrijversprotest 1962 is, met alle gebreken en politieke onhandigheden die het aankleven, een goed begin.

Terzake dit Schrijversprotest wil ik, in het hierna volgende, mijn mening eens preciseren, omdat ik geloof dat mijn standpunt eenvoudiger, helderder en minder met emotionele ballast beladen is dan dat van het Comité, dat, volgens mij, in zijn publikaatsies bepaalde wezenlijke aspecten van de zaak nauwlijks aanroert. Alvorens ik dat wèl ga doen, wil ik uitdrukkelijk verklaren dat ik solidair ben en blijf ook op punten waarmee ik het maar half eens ben, en voorts dat naar mijn mening elke schrijver die deze actie dwarsboomt, een stuk ongedierte en een vuile onderkruiper is. (Kassa!)

Om tot een heldere voorstelling van zaken te komen, moet ik bij het begin beginnen, en dat begin houdt in, dat het maken van kunst, precies als alle andere arbeid, *gefinancierd* moet worden. *Iemand* moet, gedurende de tijd die de kunstenaar aan het werk besteedt, de vaste lasten betalen. Welnu, in vroeger eeuwen werd de kunst gefinancierd door keizers, pausen, kardinalen en vorsten, hetzij incidenteel door het geven van opdrachten, hetzij permanent door de kunstenaar een geborgen positie te verschaffen aan hun hoven. Later voegden zich bij dit mecenaat nog de rijke kooplieden.

Deze vorm van financiering behoort tot het verleden. Er zijn nog steeds pausen, kardinalen, vorsten en rijke kooplieden, maar hun belangstelling voor kunst is tot vrijwel nihil gereduceerd. (Noch het Britse, noch het Nederlandse vorstenhuis – welk laatste het rijkste is ter wereld – toont enige andere dan vrijblijvende belangstelling voor kunst, en geen van beide houdt er, bij mijn weten, een hofoperagezelschap, een hoftoneelgroep, een hoforkest, of iets dergelijks, op na: de huidige symbolen van de vorst zijn poenigheid en proletendom geworden, te weten paarden, vliegtuigen, jachtpartijen en weerzinwekkende vreetfestijnen. Als dit niet verandert, en als niet de vorst, in ernst, soberheid en ingetogenheid, een voorbeeld voor de natie wil zijn, dan zal de monarchie ten ondergang gedoemd zijn, maar dit terzijde.) De rijke kooplieden lichten liever de belastingdienst op door hun gelden naar geheime rekeningen in Zwitserland te doen verdwijnen, dan ooit een schilderij, sculptuur, gedicht, verhaal, toneelopvoering of muziekstuk te financieren, en doen ze dat, bij hoge uitzondering, wel, dan worden ze onmiddellijk door het vrolijke kunstenaarsvolkje als fluim of kunstluis gekwalificeerd (deze verachting voor de man die kunst koopt, is in laatste instantie een uiting van de verachting, die de kunstenaar klaarblijkelijk jegens zichzelf koestert), welke kwalificaties iemand moeilijk kunnen aanmoedigen.

Onder de thans heersende omstandigheden is de overheid de enige instantsie geworden, die nog op enige schaal de produksie van kunst kan financieren, en de overheid is dit dan ook, aarzelend en uiterst zuinig in het begin, later iets minder aarzelend maar nog steeds zeer zuinig, gaan doen, en wel door middel van subsidies. Bij de ontwikkeling van dit systeem, waartegen thans geen zinnig mens meer bezwaar maakt, zijn wat ik noem de *individuele* kunsten er veel slechter afgekomen dan de *kollektieve* kunsten. Dit is niet moeilijk te verklaren: bij de subsidiëring van de kollektieve kunsten behoeft de overheid niets anders te doen, dan het nadelig saldo van een toneelgezelschap, balletgroep of orkestvereniging (alle bovendien niet-commerciële instituten) jaarlijks aan te zuiveren. Als resultaat kunnen deze instituten aan musici, dansers en acteurs naar hun prestaties salariëring geven, terwijl het publiek reeds voor enkele guldens een plaats in schouwburg, opera of concertzaal kan verwerven, inplaats van er het zes- à achtvoudige voor te moeten neertellen.

Tegen deze gang van zaken maakt tegenwoordig, bij mijn weten, niemand meer bezwaar. Waarom dan wel al dat krakeel tegen subsidie van de literatuur?

Ik vermoed dat het Comité Schrijversprotest 1962 een psychologiese fout heeft gemaakt door aan de regering te verzoeken, het schrijverschap 'te erkennen als een duurzame culturele funksie'. Wat men uit het oog heeft verloren is, dat een kunstenaar nooit van een regering waardering kan eisen, net zo min als men enig persoon bewondering voor enig kunstwerk kan opdringen. Uit bedoelde zinsnede spreekt twijfel aan, of zelfs geringschatting voor, zichzelf. We hebben geen bewondering of achting nodig, maar *Geld*. De minister mag op mijn werk spugen – wat hij zonder twijfel ook doet – als hij maar met zijn subsidie over de brug komt, die geëist dient te worden op heel wat eenvoudiger, hierna volgende gronden dan die, welke het Comité aanvoert.

De hele zaak is waarlijk zeer simpel: als de overheid zou weigeren kunst te financieren, dan zou ik geen enkel overtuigend argument weten, waarmede zij toch tot subsidiëring zou moeten worden bewogen, want maatschappelijk nut heeft de kunst volgens mij niet, terwijl er in heel Nederland hooguit tweeduizend mensen zijn, die zich in serieuze mate voor kunst interesseren. Als dan ook de overheid tot mij, als schrijver, evenals tot alle andere kunstenaars, zou zeggen: 'Verrek en verhonger voor mijn part, ik heb aan jullie geen boodschap', dan zou ik mij daarbij moeten neerleggen. Maar, om redenen die mij nog steeds niet duidelijk zijn, *doet de overheid dat niet*. De overheid, gelukkigerwijs, heeft het uitdrukkelijk en bij herhaling als haar plicht uitgeroepen, kunst te subsidiëren, en zij beweert voortdurend bij monde van hare gezagsdragers ('bewindslieden' zou het Algemeen Nederlands Persbureau zeggen) bij hoog en bij laag, dat kunst iets heilzaams, vormends, creatiefs, zielbevrijdends, van uitnemend belang, etc. is, en onder die omstandigheden behoeven wij helemaal niet meer met eigen argumenten aan te komen, maar hebben wij niets anders te doen, dan de overheid aan haar woord te houden. *Als* die overheid met alle geweld kunst wil subsidiëren, dan dient de literatuur op voet van gelijkheid behandeld te worden met de overige kunsten – daarop, en nergens anders, komt de hele zaak neer. Al dat etiese gezeur over erkenning van het schrijverschap als iets duurzaams dit of dat is gelul: gelijke rechten voor de literatuur, dàt dienen wij te eisen.

Op deze simpele eis van konsekwentheid kan de overheid alleen nog maar met het argument komen, dat, in de praktijk, subsidiëring van de literatuur veel ingewikkelder is dan die van andere kunsten. Dat loochent niemand: de overheid kan, bijvoorbeeld, bezwaarlijk uitgeverijen subsidiëren, want deze zijn commercieel opgezet (en voor zover ze niet-commercieel zijn, bestaan er ook bezwaren, want dan zou de overheid bepaalde politieke of confessionele richtingen moeten begunstigen), kortom, er ontbreekt een lichaam dat, zoals een toneel- of muziekgezelschap dat met zijn medewerkers doet, schrijvers naar prestatie zou kunnen belonen. De overheid kan dus, bij een eventuele subsidiëring van de literatuur, deze taak niet zo gemakkelijk aan anderen delegeren, maar moet die zelf, rechtstreeks, verrichten. Zo moeilijk als deze opgave lijkt, de overheid zou al van een massa herrie af zijn als zij, bijvoorbeeld, zonder enige onderscheiding van kwaliteit, iedere in eerste druk verschenen pagina literatuur (roman, verhaal, gedicht) in aanmerking zou laten komen voor een vast bedrag aan subsidie, uit te keren aan de auteur. Dit systeem brengt, hoe ik me ook afprakkizeer, geen enkel probleem mee, juist omdat het de overheid ontslaat van het vellen van een artistiek oordeel. De veel gehoorde te-genwerping luidt, dat dan veel te veel onbegaafde mensen zouden gaan publiceren. Dat is niet waar, want het financiële risico voor de uitgever blijft precies gelijk. (De over-heid stelt bovendien nu al als voorwaarde voor de additio-nele honorering van tijdschriftbijdragen, dat de uitgever aan de auteur een bepaald minimumbedrag per pagina uitkeert.) Misschien zouden meer mensen gaan proberen te schrijven, en daar is niets tegen, maar hun kansen om gepubliceerd te worden en daarmee aan bod te komen, zouden precies even groot of even klein blijven. Het enige resultaat zou zijn, dat uitgevers en tijdschriftredacties een strengere seleksie zouden kunnen gaan toepassen. Het peil van de literatuur zou hoogstens kunnen stijgen, en zou in elk geval niet dalen.

Om hoe geringe bedragen het, bijvoorbeeld, bij een ad-ditionele honorering van twintig gulden per pagina zou gaan, dat heb ik, na even schatten en rekenen, tot mijn verbazing ontdekt. Als men alles, wat als oorspronkelijk Nederlands bellettristies werk in eerste druk verschijnt, zou honoreren met 20 gulden per pagina voor de auteur, daarbij uitgaand van 300 titels 's jaars ad 200 pagina's ge-middeld elk (een geforceerd hoge schatting) dan nog komt men niet hoger dan een jaarlijkse som van 1 $^1/_5$ miljoen, het bedrag, dat nu alleen al de Nederlandse Opera als subsidie eist. Als men zich daarvan rekenschap geeft, beseft men opeens, hoe uiterst bescheiden de verlangens van de schrijvers zijn – vandaar ook, dat ze in pers en radio als overspannen zijn aangevallen.

Erg rechtvaardig is het systeem, dat ik voorsla, nog niet, omdat het noch kwalitatieve waardering, noch het beginsel van beloning naar behoefte toepast. Van geen van deze beide lijkt mij echter in de naaste toekomst toepassing mogelijk. Voorlopig lijkt mij een ontwikkeling van helemaal, of zo goed als geen beloning, naar een beloning volgens de hoeveelheid gepubliceerde tekst, de eerste stap. Jaargelden voor het leven, aan auteurs die belangrijk werk hebben geleverd (op een lezing voor de studentenvereniging 'Politeia', ter verdediging van het Schrijversprotest, had ik het op een gegeven ogenblik per vergissing over 'een jaargeld voor het *reve*') vind ik volkomen verdedigbaar en gerechtvaardigd, maar uitbreiding en verhoging van het additioneel schrijvershonorarium, dat is het eerste wat wij moeten afdwingen. Zoals de meeste lezers wel zullen weten, bestaat al sedert een paar jaar deze, officieel *additionele honorering* geheten, subsidie per gepubliceerde pagina, maar alleen nog voor een deel van de literaire tijdschriften. Moeilijkheden, bedrog, willekeur, of ruzies doen zich daarbij niet voor. Van lieverlede is het bedrag verhoogd, van de beschamende twee gulden per pagina van 400 woorden tot de nog steeds lachwekkende som van 4 gulden en nu, na het Schrijversprotest, heeft de staatssecretaris aan de schrijversdelegatie een lang stuk voorgelezen, aan het eind waarvan hij mededeling deed van een verhoging van deze 4 gulden, per 1 januari jongstleden, met nog maar weer eens één hele gulden. (De dichter M., die vol spanning allerlei ingrijpends had verwacht, had bij die gulden al zijn beheersing nodig om niet in een hysteriese lachbui uit te barsten. Eén gulden, ja, je moet wel lef hebben. Maar in Nederland kan bijna alles, dat is juist het fijne van ons land, vind ik.)

Wie het indiskreet vindt en laag bij de gronds, kan van mij een paar geweldige trappen krijgen, want ik vind het helemaal geen laag bij de grondse zaak, dat ik nu, van 1 januari af dus, voor elke pagina van mijn hand in dit steeds sjieker en eksklusiever wordende blad, in totaal 12 gulden per pagina betaald krijg. Die twaalf gulden zijn de reden dat ik deze brief schrijf want daarzonder wens ik u, zo dol als ik op u ben, allemaal, ongezien, de kanker. Ik doe over een brief, alle herzieningen en bewerkingen meegerekend, een week of twee, drie. Hieruit volgt, dat ik in dit land in geen geval van mijn pen kan leven. Dat zou pas kunnen, als het subsidie ergens om en nabij de 25 gulden per pagina zou komen te liggen. Zover komt het vast en zeker nog wel, en de toekenning van die stipendia, die zal ook zeker vroeg of laat haar beslag krijgen, maar ik heb een vaag voorgevoel, dat hoogstens mijn katten het zullen meemaken. Daarom ook ga ik proberen mij te vestigen in een land, waar mijn schrijversinkomen het drievoudige waard is van wat ik er hier mee kan doen. Daarom verdom ik het ook, me over het Schrijversprotest al te zeer op te winden, maar wel volg ik het verloop van de actie met pijnlijke nauwlettendheid, om te zien welke charmante jongens ons die paar armzalige, kloterige guldens per pagina nog betwisten. Ik beloof u niets, maar ik neem mij bij deze wel voor om het schorum dat vindt dat we vooral armoe en ellende moeten lijden, van nu af aan geen rust meer te laten. Wie Van het Reve boos maakt, zal het weten.

Overigens verbaast mij nog steeds het geringe aantal

onderkruipers bij deze aksie, want ik heb in de schrijverswereld nog nooit een georganiseerde poging tot verbetering van ons lot meegemaakt, of je struikelde meteen, op elke bijeenkomst, over die boertige, enorm artistieke kreaturen, het krapuul dat altijd weet aan te tonen waarom we vooral geen cent meer mogen beuren dan de f 11,75 voor declamatie van een verhaal over de steenrijke radio, of helemaal niks voor verhalen die ze zonder je toestemming in een bloemlezing opnemen waar je nooit een cent van ziet, evenmin als de uitgave zelf, waar je door een ander op wordt geattendeerd. (Wat mij overigens tweemaal met die fijne uitgeverij B. te U. is overkomen.) Nee, dit keer is het me enorm meegevallen. A.d.B. reken ik het niet aan, die meent het echt, en het is ook een zachte romantiese jongen, moet je rekenen, die alles graag heel zuiver en heel hoog stelt, en die ik voor de radio eens heb horen zeggen, dat het in de door de communisten beheerste landen heus allemaal niet zó slecht is als altijd wordt beweerd, wat ik natuurlijk niet kan beoordelen, en die honderdduizenden vluchtelingen die vertellen maar lasterpraat, dat is wel duidelijk, terwijl ik er zelf nooit ben geweest, behalve in Oost-Berlijn dan. Dus op hem heb ik me niet kwaad gemaakt, ook al omdat zijn poëzie zo lief is over moederschap, vruchtbaarheid en dergelijke, de mooie dingen in het leven dus, die er wel degelijk zijn, als je ze maar wilt zien.

Nee, mijn ergernis is begonnen toen, kennelijk na lang en zeer gekonsentreerd nadenken (want de aksie was al een week of wat op gang) de dichter G.S., die zich nog nooit in zijn leven de luxe van een eigen mening heeft gegund, aan het einde van een vrij lang dagbladartikel, als zijn gevoelen openbaarde, dat aan de zaak van de literatuursubsidie een heleboel vastzat; maar ja, daarvoor ben je niet op een confessioneel ochtendblad geabonneerd, vind ik, ik bedoel om dat te lezen, nog afgezien van de godslasterlijke ulevelpoëzie die je op Aswoensdag op de voorpagina, tandenknarsend, gedwongen wordt te verdragen, want het letterkorps is te groot om net te doen of je het niet ziet.

Alles wordt echter altijd, op wonderbaarlijke wijze, gekompenseerd, want ontbreekt, bij deze sherrydrinkende bezitter van een *min-kukel*, een mening, bij het geïnponem G.B. aanschouwen we de rijkdom van $3 1/2$ mening in de trant van ja, nee en betrekkelijk, plus nog, *en passant*, de klacht dat hij nog nooit een prijs heeft gekregen – bij zoveel aktiviteit ook nog die kop roosvrij houden, dat lijkt mij een opgave. Die prijs, intussen, mag hij wat mij betreft hebben, al zou ik niet weten waarvoor, want ik heb in zijn geslachtsloze schrijfsels nog nooit één zin ontdekt die niet, van de hoofdletter aan het begin tot en met de punt aan het eind, gelogen en vals was. Zo, dat ben ik kwijt, het moest er een keer uit. Professor W. heeft me verzekerd dat het heel goed is, uit medies oogpunt wel te verstaan, en dat ik ermee voorkom dat ik voortijdig te hoge bloeddruk krijg. ('De dokter staat achter me', zoals negen jaar geleden een getrouwde homoseksueel mij verzekerde.)

Waarom intussen mijn reeds eerder vermelde Geleerde Broer zich bij de onderkruipers heeft gevoegd, en daardoor nu zelfs in het gezelschap is geraakt van voornoemde G.B. en zelfs van dat van de Amsterdamse journalist K., die weliswaar over onze parken en zeden waakt, maar wiens tot initiaal gereduceerde naam ik zelfs nog een bezoedeling vind van het papier – dat weet ik niet, want ik kan niet inzien welk belang hij erbij zou kunnen hebben, mij die vijf gulden in het openbaar te betwisten. Ik vermoed echter, dat aan zijn optreden de familieziekte van de

Van het Reves schuldig is, te weten de Van het Reve hoogmoed, die zich vooral uit door de neiging, paradoksale en aanstootgevende uitspraken te doen. Ik had het, aan het begin van deze brief over niveau, en mijn Geleerde Broer nu mist, vrees ik, dit niveau, want wat zich bij mij tot een eerlijke en indrukwekkende grootheidswaan heeft ontwikkeld, bereikt bij hem slechts het peil ener weinig belangwekkende pedanterie.

Maar laat ons deze treurige zaak verder laten rusten, want ik ben al bedroefd genoeg. Het is, voor de zoveelste keer, 'het weer van alle mensen'. Soms, als de wind bijna geheel is gaan liggen en het zonlicht, zeer stil en oud, doorbreekt, en ik door de patrijspoort kijk naar de lelijke automobielen op de kade en heel in de verte, tussen de huizen door, een klein boompje zie, misschien een smal esdoorntje of berkje, waarvan de honderden blaadjes als evenzovele groene spiegeltjes, enzovoorts; ach, alles is zo ver, en zo moe.

Over een paar uur vertrekt het schip, en het is mij zeer droefgeestig te moede, al heb ik het gevoel, dat de genomen beslissing de juiste is. De grote vraag blijft, of ik in Spanje maanden achtereen in volledige eenzaamheid zal kunnen leven, maar ik moet het proberen. Wat een nieuwe partner betreft, betwijfel ik, of ik nog opnieuw enige verbintenis zal aangaan. In ieder geval heb ik mij nog nooit in mijn leven met enig ander levend wezen verwant gevoeld. Waarschijnlijk is het beter, dat ik van nu af aan in afzondering leef, dat is een draaglijker soort eenzaamheid dan die, ondergaan in het gezelschap van een ander. Zelf vind ik het belangrijkste, dat ik moet kunnen werken en produceren. Wat dat betreft is er hoop, want de laatste paar maanden, ondanks die verschrikkelijke ellende van het klimaat, heb ik beter gewerkt dan ik in jaren gedaan heb. In de vier, vijf maanden na Wimie zijn vertrek ben ik misschien één keer naar de bioskoop geweest, en misschien drie of vier keer in een café, en nog twee keer naar een restaurant, en dat laatste alleen omdat mijn Beschermer Q. mij daartoe uitnodigde. Bezoek heb ik bijna niet meer ontvangen, op visite ben ik helemaal niet meer gegaan, niet naar een fuifje of wat ook, niets, helemaal niets. Geen enkele avond heb ik onrust gevoeld, en van lieverlede ben ik zelfs met al dat hoereren opgehouden, en kon ik gemakkelijk allerlei mogelijkheden tot kontakt die zich voordeden, negeren.

Steeds duidelijker is het mij geworden, dat ik een dwaas, dwalend en zondig leven heb geleid, maar het onvergeeflijkste van alles is de vermorsing van zo veel kostbare tijd. Ik heb er zeer veel domme meningen op na gehouden, die nu hebben afgedaan. Lange tijd heb ik in ernst gedacht, dat ik me meer onder de mensen moest vertonen, eigen publiciteit beter verzorgen, dat ik moest zorgen veelbesproken te blijven. Waarachtig, ik was er in alle ernst van overtuigd, dat ik roem wilde oogsten en me daarin koesteren. Nu pas weet ik, dat dit niet zo is, en dat ik eigenlijk iets heel anders wil. Nu, eindelijk, in mijn veertigste levensjaar, besef ik, dat ik aan beroemdheid niks heb, en dat ik niets anders wil dan schrijven en daarmee, als een fatsoenlijk ambachtsman, door het geschrevene te verkopen, genoeg geld verdienen om fatsoenlijk, zonder hinderlijke en belemmerende armoede, te kunnen leven. Verder helemaal niks. Ik heb geen flauw idee, of mijn geschriften werkelijk, zoals sommige gezaghebbende mensen beweren, betekenis hebben, maar wel weet ik, dat ik moet werken en schrijven, omdat mijn schrijven voor mij leven, dat wil zeggen me ontwikkelen en mijzelf rekenschap geven betekent. Ik moet schrijven, omdat het de enige aktiviteit is die ik vind dat zin heeft, niet omdat ik er iets of iemand mee dien, maar omdat het mijn werk is en mijn bestemming, mijn gedachten op schrift te stellen. Schrijven is voor mij van zulk belang, dat seks, eten, mooie kleren en comfort, daarbij vergeleken, vrijwel betekenisloos worden, en dat terwijl ik een geil, hartstochtelijk en gulzig mens ben. Veel, zeer veel is niets dan schijn geweest en pas nu, op de drempel van wat misschien een nieuw leven gaat worden, zie ik dit eindelijk in. Mijn hele leven heb ik gezocht naar verwantschap, mezelf dikwijls genoeg wijsgemaakt dat er van zulk een verwantschap sprake was, terwijl die er nooit, met geen enkel ander mens, of andere groep van mensen, geweest is, en er ook nooit zijn zal. Met kollegaas kan ik geen zinnig woord wisselen, en met het soort mensen dat men *gevoelsgenoten* pleegt te noemen is het nog erger – hoogmoed of *Selbsthaß* spelen hierbij maar een geringe rol, geloof ik – want in hun gezelschap voel ik mij zelfs eenzamer dan wanneer ik alleen ben, niet omdat ze zijn zoals ze zijn, maar juist omdat ze maar gedeeltelijk zijn zoals ze zijn en bijna allen, zonder uitzondering, de Moed missen zich in te zetten voor datgene, dat zij beweren lief te hebben, alsook de moed om te vechten en er op los te rammen als het er op aankomt, inplaats van die anonimiteit te prefereren waarbij men doet of men tot een onderwereld behoort die zo spoedig mogelijk zou moeten worden uitgeroeid; wat een ellende, dat zonder geslachtsnaam zich voorstellen als 'Rudi' of 'Eddie', dat eeuwig geteem over de snit van een broek en 'waar heb je dat gekocht', en nooit, *nooit*, godverdomme, één verstandig woord, of desnoods een onverstandig woord, over kunst, politiek, etiek, religie. Altijd over eten, kleren, dansen op de club, de hoeveelheid drank die op dit of dat feest is uitgeschonken. En *nooit* mogen hun moeder, zuster, vader, kollegaas, al zijn ze zelf al in de veertig of vijftig en geen

kwajongens meer en al zijn ze maatschappelijk onkwets-
baar, iets weten.

De ergste menselijke zonde is de bereidheid zich in een
hoek te laten trappen. Ik wil niet in een hoek of verbor-
gen kelder leven. Dat kan ik niet. Zo iets geweldigs is het
leven nu ook weer niet: ik bedoel dat ik, als ik in zedelijk
opzicht niet waardig, met opgeheven hoofd kan leven, dan
maak ik er een eind aan, want met minder neem ik geen
genoegen, al neemt dat hele leger van fluweeldragende
kirders er wel genoegen mee. Ik ben een schepsel Gods,
en geen karikatuur. Zo ook ben ik een schrijver, en geen
journalist, vertaler, forumdanser, kutartikeltjesmaker, of
wat ook. Daarom ga ik nu op reis. Ik moet proberen dit
schrijvend bestaan machtig te worden, al is het in een van
drijfhout gebouwde hut. Ik wil, als ik daar zin in heb,
10 uur per dag of langer kunnen schrijven, weken, maanden lang, en als dat niet mogelijk blijkt, dan knoop ik me
rustig op – hoogstens zou me dan nog de overweging kunnen weerhouden, dat ik Manuel van Loggem de voldoening niet gun – want in een ander soort leven heb ik geen
zin meer.

Ik schrijf dit gedeelte stuntelig, onhandig, merk ik,
maar iedereen, wiens stijl bij het aanroeren van deze dingen niet te kort schiet, is een handige fraseur, en een op-
lichter. Bah. Misschien ligt ergens in de komende etappe
op weg naar het einde, voor mij een waarachtig bestaan,
waarin ik niets meer verwacht, en elke oppervlakkige ge-
nieting en illusie zal wegwerpen, en eindelijk waardig zal
kunnen leven en sterven, God erend en liefhebbend, en
me bij de zinledigheid van het bestaan neerleggend, maar
wetend, dat ik in het werk, als ik met al mijn wanhoop en
kracht probeer te schrijven, wellicht enkele ogenblikken
een schaduw zal zien, een ademtocht zal voelen, een vaag,

wegstervend geluid zal horen van hem, die ik hoop eens in mijn leven, al is het maar enkele tientallen sekonden, te mogen zien 'van aangezicht tot aangezicht'. Ik hoop, dat ik u niet treurig heb gemaakt, want ik houd van u, allemaal, eerlijk waar, op mijn eigen, eenvoudige manier. Thans moet de *Grote Droon* wederom afscheid van u nemen. Bewaart toch, Broeders en Zusters, onder u lieden goede eendracht, en bevordert met alle wettige middelen de ontwikkeling van zoveel mogelijk *kukel*, al zijn aan de heerschappij van het verstand grenzen gesteld, aangezien 's mensen geleerdheid hem gemakkelijk tot razernij kan voeren, en te veel over de dingen nadenken en piekeren, dat is ook niet goed, kijk bij wijze van spreken maar weer naar Van Gogh: die schreef ook brieven, hebt u daar wel eens bij stilgestaan, maar hij leverde er illustraties bij. Het is een raar ding om te bedenken, dat mijn oor er nog aan zit, en indertijd alleen maar doormidden is gebeten: half werk, mogen we wel zeggen – in elk geval zie ik er nog geen voldoend duidelijke aanwijzing in, dat ik pen en papier door penseel en palet zou moeten vervangen.

Brief In Een Fles Gevonden

Kamer 21, Hotel Madrid, Algeciras, prov. Cádiz, Woensdag 24 juli 1963. Gerard Kornelis van het Reve aan de lezers van *Tirade*. Op de wijze van 'Een Duif Van Verre Terebinten'. Voor de orkestmeester. Een kunstig lied.

Indien ik in enige vorige brief onaangename of lelijke dingen jegens u geuit heb, dan smeek ik u, goed te vinden dat ik ze bij dezen terugneem, want aan onenigheid, haat en twist hebben we niets, daar we immers de wereld juist moeten vooruithelpen. Intussen echter weet ik niet, of ik een brief zoals deze onherroepelijk gaat worden, wel moet schrijven, want ik twijfel eraan, of ooit iemand hem te lezen zal krijgen, zo sterk is mijn verwachting dat ik hem, voltooid of niet, voor de zoveelste maal zal vernietigen. Niettemin zegt mij een Stem, dat hij geschreven moet worden. En indien ik mocht vermoeden, dat het de Geest zelve is, die zich aan mij openbaart, dan beloof ik u, dat ik deze kamer drie dagenlang niet zal verlaten anders dan om in de schemering snel voedsel te vergaren, en dat ik zal blijven voortschrijven, hoe gering ook de kans moge zijn dat deze brief gereed komt en verzonden zal worden. Ook zeg ik u toe, dat ik, hoewel ik bijna zeker weet dat deze brief in snippers zal gaan of in proppen aan het strand in zee gegooid zal worden, zal proberen niets neer te schrijven dat een verdichtsel of een leugen is, want alleen de waarheid kan ons vrij maken, vraagt u eventueel maar aan de heer Algra, over wie ik maar meteen 'enige kanttekeningen' zal plaatsen, dan ben ik er af ook. Mijn Beschermer Q. heeft mij namelijk twee dagbladknipsels gestuurd, het één *Tijdsbeeld Uit Tijdschriften* geheten, en van de hand van mijn kunstbroeder Alfred Kossmann, het ander een verslag van de zitting van dinsdag 21 mei van de Eerste Kamer; beide natuurlijk zonder aantekening, uit welke koerant of koeranten ze afkomstig zijn.

De Nederlandse journalistiek staat, vergeleken bij die van bijvoorbeeld de serieuze Britse dagbladen, op een laag peil, en vooral de verslagen van de parlementszittingen zijn gewoonlijk melig, zogenaamd leutig geschreven, en erg inexact, dus ik zal mij terzake de heer Algra matigen, omdat het enige verslag dat ik bezit, mogelijkerwijs onvolledig is. Maar wel vind ik het weer geweldig, hoe deze vertegenwoordiger van ons positief-christelijk volksdeel (negatief-christelijk, zou dat ook kunnen?) zich geweerd heeft. Ik vind dat je lef moet hebben, om God weet hoeveel miel per jaar uit de staatskas op te strijken en dan te gaan staan fulmineren tegen geschriften die je niet hebt gelezen. In Nederland kan alles. Dit wil weer niet zeggen, dat het fenomeen typies Nederlands is, want het is van dezelfde orde als dat van het samenrotten van het Sowjet-gepeupel, dat, in het eeuwige *Sportpalast* vergaderd, loeit tegen een boek dat niemand van de menigte ergens kan kopen of lezen, of dat van de katolieke apologeet, die, van het dak ener Amsterdamse woonschuit af, vloek en verdoemenis uitspreekt over de geschriften van de katolieke mysticus Schoenmaker of Schoenmakers of Schoemaker, en de toehoorders verzekert, dat, als hij ze had gelezen, zijn oordeel nog veel vernietigender zou zijn. Kwaad heb ik me ternauwernood gemaakt, maar ik keek toch wel even op, toen ik zag staan, dat de heer Algra 'genoeg wist', dat hij 'die brieven' nooit zou lezen; dat hij Van het Reve 'nooit als vriend zou willen hebben', en 'dat hij zo iemand met erotiese afwijkingen niet in zijn gezin zou willen brengen'. Wat hij blijkbaar niet heeft overwogen, is de vraag of ik zijn vriendschap op prijs zou stellen, alsook of ik 'in zijn gezin gebracht' zou willen worden. Ik wil geen van beide, laat dat deze fluim, die denkt dat ongeletterdheid een deugd is, gezegd zijn – of denkt hij misschien, dat ik er prijs op zou stellen bij hem thuis te komen en, hartje zomer, 's avonds om zes uur bewaarkool te eten die 's morgens om half negen is opgezet, of om aan tafel uit de bijbel te horen voorlezen op die stompzinnige, leesteken- en begriploze dreun die alle religie doodt? Ik geloof in Jesus Christus, die waarlijk de Zoon is van God, maar niet in gebrek aan intelligentsie en aan vitamine C, en evenmin in een kerk die meent de alleenverkoop van God voor Nederland en Koloniën in pacht te hebben. Nee, verdomd nog aan toe, dan nog liever paaps, want de katolieken, dat meen ik te hebben opgemerkt, zijn, als het er op aankomt, wel traag van geest, gebrekkige denkers, bij het karakterloze af beginselarm, en wat je verder maar wilt, maar ze zijn een stuk minder onverdraagzaam.

Intussen is een en ander ten dele de schuld van kunstbroeder Kossmann, die in genoemde tijdschriftenrubriek zeer lovend over mijn reisbrieven heeft geschreven, maar tevens heeft opgemerkt, dat ik me in mijn brieven gedraag als een 'blasfemisch met de godsdienst spelende libertijn'. Dit is nu juist, wat je in Nederland over niemand ooit moet schrijven: het is helemaal niet denkbeeldig, dat deze waarderende regels mij mijn vijf gulden subsidie per pagina gaan kosten, welk offer, indien principieel noodzakelijk, ik blijmoedig zou brengen, ware het niet, dat Kossmann zijn bewering nergens op slaat. Wat de beschuldiging van blasfemie betreft: daartoe is, lijkt mij, opzet vereist, en die opzet is wel verre van mij, waarbij ik bovendien en terzijde, even wil opmerken dat, zoals het volgens Spinozaas bewijs niemand mogelijk is om God te haten, ik in twijfel trek of de mens, zelfs al zou hij het willen, God zou kunnen lasteren. Het 'spelen met de godsdienst' komt mij even raadselachtig voor, maar het malste vind ik de kwalifikaatsie van mijn persoon als een 'libertijn'. God weet wat ik voor een mens ben, maar toch zeker geen libertijn, gezien mijn konservatief standpunt en mijn autoritaire instelling. Laat ik het hierbij maar laten, wat die krantenknipsels aangaat; wat Algra betreft maakt het toch niks uit, want die zal even geduldig door wat, behalve het A.N.P., ook de dagbladen een 'bewindsman' noemen, te woord moeten worden gestaan. (Ik bewonder het geduld van zulk een minister hogelijk.) Het is diep treurig, en een illustraatsie van het, door gebrek aan belangstelling van de bevolking voor staatszaken, gevaarlijk ver gevorderd verval van de demokraatsie, dat zulke figuren zich in de parlementaire politiek kunnen begeven, ernstig genomen worden, hun beuzelpraat gestenografeerd zien worden en in druk zien verschijnen – zoiets maakt een mens soms moedeloos. Einde van de inleiding.

'*Op aarde niet en niet op zee.*' Ziehier, om bij het begin te beginnen, de waarheid die mij misschien wel vrij, maar geenszins gelukkig maakt. Ik heb het al heel lang vermoed, maar nu weet ik het zeker: dat ik nooit, waar ook ter wereld, en hoe oud ik ook zal worden, vrede zal vinden, alsook, dat ik nimmer enige streek of stad zal zien, die niet vermoeiend zal zijn van bekendheid, omdat ik alles, zonder uitzondering, reeds gezien zal hebben, zoals ik de stervenden en doden in het ziekenhuis in Londen al veel eerder gezien had, in Gezichten en dromen, jaren voor het lijfelijk aanschouwen. Het zijn de verschrikkingen, die het leven zijn inhoud geven, waar of niet, of liever gezegd: zo is het. (Verlaat mij toch niet, o Geest.)

In de berg van allang niet meer chronologies te ordenen en bovendien meest onvergelijkbare feiten, blijft het belangrijkste nog altijd mijn verlangen naar Wimie – van wie ik met vrij goede regelmaat brieven ontvang – maar ook (en merkwaardigerwijs in veel sterker mate) naar het loodgietend Prijsdier M., waarbij een diepste huivering van genot door mij heen gaat als ik overweeg hoe ik hem (aanbiddelijke M. dus), als hij hier was, liefst voor aan mij af te dragen Geld, maar als de gegadigde erg mooi en lief zou zijn, desnoods voor niets, aan elke Spaanse jongen die hem zou begeren, ten gebruike zou willen geven. Zulke verrukkingen komen echter nooit, dat weet ik zo langzamerhand maar al te goed, tot enige andere verwerkelijking dan die van de magiese soloseks der Hotelkamers, waarin men, op namiddagen, achter verkleurde vitrage, de ziel verschroeit zonder haar ooit te kunnen verzadigen. (P.M. Een boek schrijven over het Violet, en de Dood.) Er is tot nu toe, het zal u stellig een genoegen doen het te vernemen, geen hotelkamer geweest (over de hotels later nog wel wat meer) waarin ik niet, bij daglicht, bij 25 Watt lamplicht, of in het donker, mijn op Wimie en de Loodgietende Schat betrekking hebbende *Ware Geschiedenissen*, hijgend, in de altijd naar kaftpapier en chloor riekende lakens heb liggen fluisteren. Wat ik daarbuiten beleefd heb is tot nu toe, bij wijze van spreken, 'mondjesmaat' gebleven: het 'halve werk', op het strand van deze stad, op Hemelvaartsdag, toen ik, op de heenweg naar Malaga, ook alhier logeerde, is ternauwernood het vermelden waard, maar ik klaag niet, temeer daar ik er met geen ander doel heen was gegaan dan om zekere hond te ontmoeten, deze een stuk worst te geven – geen groot offer, want andere dan oneetbare ontmanningsworst schijnt in dit land niet te bestaan – en hem uit de plastic fles wat water op een aluminium bord te verstrekken. De dag tevoren namelijk, toen ik voor het eerst het prachtige, maar om onopgehelderde reden door vrijwel geen sterveling bezochte strand betrad en was gaan liggen zonnebaden, voegde zich een fraaie, maar, als alle huisdieren in Spanje, ondervoede jonge herdershond bij me, die tegen mij aan ging liggen en tenslotte zelfs met mij mee terug wilde naar de stad zodat ik hem, na over twee kilometer te zijn gevolgd, door slaan en schreeuwen, met schuldig hart, moest verdrijven, vol zelfverwijt dat ik slechts wijn, en noch voedsel, noch water bij me had. Toen ik dit gebrek de volgende dag wilde goedmaken, trof ik het dier niet meer aan, maar wel verschenen na korte tijd twee de Griekse Beginselen omhelzende jongemannen van de eeuwig onbestemde leeftijd – al kan men altijd veilig aannemen, dat die dichter bij de vijftig dan bij de twintig ligt – die zich op onnodig kleine afstand van mij op het grind neervlijden; de een onaanzienlijk, en ongezond er uitziend, de ander in het bezit van een vrij goed gebouwd lichaam, waarbovenop echter een maar matig geslaagde, op het nippertje nog te aanvaarden kop; welke laatstgenoemde al spoedig probeerde mijn aandacht te trekken door, vlak bij mij komend, platte steentjes over het water te gaan keilen, daarbij elke worp met een keelklank aankondigend, welke uitsloverij ik beloonde door worpen met vele stuitingen met hoofdknikjes, goedkeurend gegrom, en een enkele keer zelfs met applaus te honoreren; waarop al spoedig zijn eerste pogingen tot konversaatsie volgden, deze op hun beurt weer resulterend in het altijd met matematiese zekerheid te voorspellen neerhurken, dat bijvoorbeeld jonge akteurs zo graag doen, en dat aan het eigenlijke gaan zitten enkele minuten voorafgaat. (Zijn onaanzienlijke metgezel was, zijn lichtroze strandtas na een korte woordenstrijd over de schouder geworpen hebbend, inmiddels in de richting van Algeciras verdwenen.) Aldus hem op niet meer dan een meter afstand van mij ziend, was ik zeker van het ontbreken van elke estetiese bekoring, maar werd ik niettemin, door dat in zijn verrukking verterend mengsel van afkeer, haat, verachting, macht tot vernederen, fascinaatsie en nieuwsgierigheid, gedwongen hem te blijven aanmoedigen door vaag tegen hem te glimlachen, en moest ik, toen zijn eerste voorzichtige knedingen van zichzelf, door zijn zwemkleding heen. waren overgegaan in ontbloting en onverhulde hantering ener aanzienlijke Roede, hem 'sprookjes' beginnen te vertellen, die ik echter, door mijn gebrekkige kennis van het Spaans en de beschikbaarheid van geen ander leermiddel dan het teleurstellende Aula-Spectrum pocketwoordenboek van S.A. Vosters, tot een elementaire, vrijwel telegrafiese tekst (waarin ook soms een paar woorden Frans die hij vrij goed bleek te verstaan, al sprak hij het zelf niet) moest herleiden, sprookjes voor het Iberies schiereiland bewerkt dus, maar nog steeds de grote, archetypiese oerwaarheden bevattend, die, ook indien slechts gefluisterd, de ademhaling van iedere partner opjagen: 1. dat ik zowel *chicas* als *chicos* begeerde, en afwisselend bezat. (Ik wil iedere seksuoloog tot Korresponderend Lid mijner akademie benoemen, die bereid is mij te schrijven, waarop de door deze mededeling teweeggebrachte – nimmer falende – opwinding berust); 2. dat aan mijn bezitten van elke jongen uiteraard een tuchtiging zou moeten voorafgaan, waarbij hij (onze trekker dus) assistentsie zou mogen verlenen; 3. dat ook de brutaalste en weerspannigste jongen tenslotte onder

zijn langdurige bestraffing zou schreien en om zijn moeder roepen, etc. (Waarbij het laat in de middag zou zijn,
met motregen, de jongen, na te zijn ontbloot, verlegen en
bang, terwijl de *strafkamer*, naar aarde riekend, altijd aan
een doodstil, zonloos binnenplaatsje zou zijn gelegen.)
Het is allemaal, dat begrijpt u zelf wel, veel en veel ingewikkelder, en bestaat in werkelijkheid wel uit – op zijn minst –
elf hoofdpunten, maar, omdat ik me door tijdgebrek moet
beperken, vereenvoudig ik alles, kortheidshalve, tot een
soort *Brownse beweging*.

Onder mijn herhaling, na een recitatief zonder duidelijk
begin of slot, van slechts de zeven of acht sleutelwoorden
van de hoofdstukken 2 en 3 – de meteorologiese en stede-
bouwkundige details moesten begrijpelijkerwijs vervallen – stortte hij, met een kreet van overgave zijn gezicht op
mijn voet drukkend, zijn zondig misbruikte zaad – dat, zoals we allen weten, slechts de Voortplanting mag dienen,
reden waarom dan ook beroering van het eigen Deel op
den duur met aantasting van het ruggemerg, duizelingen,
verlammingen en niet zelden krankzinnigheid wordt gestraft – op een platte, niervormige steen uit. (Alles is één,
zoals ik reeds in een vorige reisbrief heb opgemerkt: hoe
talrijk en verscheiden op aarde de tongen en natiën mogen
zijn, hetzelfde verhaal, hoe verminkt ook door vertaling,
doet aan de zuidpunt van Europa de oogbal van de partner even krampachtig omhoog draaien, en ontlokt aan
de plotseling openvallende, weerloos stamelende mond
dezelfde hijgende snik van verzadiging als in Amsterdam: de taal der Liefde is internationaal, vandaar ook dat
ik van mening ben, dat er geen oorlog, maar vrede moet
zijn tussen de volken, uitwisseling, oprichting van zoveel mogelijk homoseksuele Indianenklubs, etc., en het
kan haast niet anders of 'senator' – dat is ook een sigaar –

Algra zal het in dezen met mij eens zijn. Misschien dat ik toch een keer bij hem langs ga, want het kan tenslotte geen kwaad als ik eens wat leven en vertier 'in zijn gezin' breng: dat wordt immers hoog tijd.) Daarmede hervond hij (niet Algra, maar onze pompeur bedoel ik), zijn deel zolang weer opbergend, de voorzichtigheid waarmede hij, tot kort voor het geschieden van het wonder, elke paar sekonden behoedzame blikken had geworpen in de richting van het wachthuisje, ongeveer vijftig meter van ons vandaan, waarin een lid van de Guardia Civil de kust stond te bewaken – de futielste militaire aktiviteit, die ik tot nu toe in mijn leven heb aanschouwd – hoewel de man op die afstand, gezien de schittering van het strand en van het fijnbeschubde wateroppervlak, onmogelijk iets opgemerkt kon hebben. (Ontdekking, gevangenneming, en de daarmede gepaard gaande vernederingen, zouden bij Jean Genet een onontbeerlijk vervolg zijn geweest, vooral wegens het uniform, maar ik ben maar een gewone, gezonde jongen uit een tuindorp, die van dat soort gevaarlijke nieuwigheid niets moet hebben – dit ter instruksie van de overige leden der Volksvertegenwoordiging, want er zal, omdat er in onze gezellige moerasdelta nu eenmaal nooit iets belangrijks gebeurt, wel weer krakeel komen over de keuze van mijn onderwerpen. Daarom dit: als 'senator' Algra, zijn fraksiegenoten, of wie ook, denken dat ik mij voor $1\,^{1}/_{4}$ cent subsidie per woord zou laten dwingen, 'opbouwende geschriften' voort te brengen, over rijpend koren, liefde tussen jonge boer en aanstaande boerin, zwanger- en moederschap, dan vergissen ze zich. Als het subsidie een veelvoud van het huidige bedrag zou omvatten, dan zou ik het wel eens willen overwegen, al betwijfel ik, of ik het ooit zou kunnen, want Hij Die de sterren houdt in het holle van Zijn hand – dat beeld vervult velen met ontzag, maar voor Hem is het een koud kunstje, hebt u daar wel eens bij stilgestaan? – heeft mij geschapen zoals ik ben, en ik ga er daarom van uit, dat ik ook maar gestuurd word: het zit in mijn bloed, en bevel is bevel, zo moet je het tenslotte zien, vind ik.)

Vervolgens maakte hij zich bekend als achternaamloze Antonio (alles is Eén, II) en informeerde of ik katoliek was. Nee, dat niet. *Evangelico* dan? Nee, ook dat niet. Wat dan wel? Mijn mededeling, dat ik mijzelf wel als *cristiano* beschouwde, maar niet tot enige kerk behoorde, bezorgde hem een nerveuze lachaanval, die hij echter plotseling, kennelijk uit wellevendheid, bedwong, waarop hij mij de beslissende vraag stelde: ik geloofde toch wel in *la Virgen*? Ja, allicht, stel je voor! Kennelijk gerustgesteld, deelde hij mij mede, dat deze eigenste dag het feest van haar hemelvaart werd gevierd, welk misverstand ik hem niet uit het hoofd kon praten: vond niet deze eigenste avond, in Algeciras, een aan haar gewijde processie plaats? Ik gaf mijn pogingen tot rechtzetting op, en trouwens, zo belangrijk kon ik de kwestie ook niet vinden. (Ik kom, op dit punt, met mijn 'reformatoriese broeders', die aan de verering van de Maagd aanstoot nemen, niet tot overeenstemming. Hun bezwaren worden mij nooit geheel duidelijk, want ik vind het prachtig. God is Eén, allicht, maar in hoeveel Personen Hij Zich manifesteert, lijkt mij van ondergeschikt belang, en een Persoon meer kan volgens mij nooit kwaad: beter ergens mee, dan om verlegen, zeg ik maar. Vandaar ook, dat ik er geen enkele aanstoot aan neem, in elke Spaanse kerk, achter het verplichte, maar altijd minuskule crucifixje op het altaar, de gigantiese uitbouw te zien – met lichtinval door een speciaal voor Haar gekonstrueerde glazen dakkoepel – waarin, minstens levensgroot en altijd door een schat van bloemen omgeven, zeilend op de zilveren maansikkel, de Moeder van God, tot voortzetting van de vennootschap onder firma Gezusters Artemis & Diana, v/h Selene, v/h Ceres, v/h Erven de Wed. Isis troont, vandaag nog slechts *de facto*, en hoogstens door Haar voorspraak, morgen echter *de jure* Medeverlosseres en, waarschijnlijk nog voor een eeuw verstreken is, *Vierde Persoon Gods In Aardse Verborgenheid*, zoals ik het, in mijn eigen bescheiden theologie, in voorlopige vorm, meen te mogen formuleren. Alles geestelijk, en generlei kwetsing van andersdenkenden beoogd.)

Maar nu, voor ik naar bed ga, want het is morgen weer vroeg dag, (het wordt hier een stuk later licht dan in Nederland, maar met het aanbreken van de dag bedoel ik de keet die hier al voor vijven begint, eerst van een kolerebeest van een haan die op een balkon aan de overkant, vermoed ik, gehouden wordt en die van twintig over vier af, een half uur lang, met tussenpozen van enkele sekonden, kraait, telkens antwoord krijgend van een geslachtsgenoot ergens in de verte; van de dreunende scooters en motorfietsen die eventjes warm moeten draaien; van de gesprekken op straat, die, zo vroeg als het is en hoewel ze nergens over gaan, reeds het loeiend volume hebben van familievetes) moet ik even enige 'welgekozen woorden' wijden aan de houding, terzake het schrijversprotest, van de 'katolieke dichter' G.S., die zich door *The Observer* een interview heeft laten afnemen waarvan de inhoud weliswaar niet expliciet, maar in zijn teneur wel degelijk vijandig jegens onze aksie is uitgevallen. Het weekblad *Vrij Nederland*, in zijn rubriek In Het Vizier van 25 mei, heeft zulks gesignaleerd, en G.S. verdedigt zich nu, in rubriek Vrije Tribune van genoemd blad van 15 juni, doormiddel van een ingezonden stuk. Hij zou helemaal niet verklaard hebben 'dat je van de staat niet kunt verwachten, dat hij het dromen zou subsidiëren, voor het geval een schrijver er de voorkeur aan zou geven een paar jaar te dromen i.p.v. te schrijven'. Hoe komt het dan in *The Observer*, zou je zeggen, wat een degelijk blad is, waarvan de medewerkers toch niet op hun hoofd zijn gevallen. (Dat ze G.S. voor een interview hebben uitgekozen, mag men hun, als buitenlanders, niet ten kwade aanrekenen.) G.S. had bedoeld te zeggen 'dat het voor ambtenaren moeilijk moet zijn zich voor te stellen, dat het dromen dient te worden gesubsidieerd, enz. enz.'. Maar ook zulk een verklaring is op zijn minst inopportuun, aangezien in het manifest van de protesterende schrijvers nergens over het subsidieren van dromen wordt gesproken. Ook deze opmerking is, dat beweer ik en zal ik volhouden, in zijn essentsie tegen de schrijversactie gericht, en wordt ingegeven door de gewone, rancuneuze, kleinburgerlijke instelling, volgens welke kunstenaar en parasiet één en hetzelfde ding zijn. Misschien weet G.S. niet, dat hij het zo bedoeld heeft, en in dat geval hoop ik hem, door middel van deze regels, uit de 'droom' te helpen. De journalist van *The Observer* heeft zijn *woorden* misschien niet letterlijk weergegeven (wat, behoudens uitzonderingen, van een journalist ook niet wordt geëist) maar zijn *mening* wel degelijk getrouw tot uitdrukking gebracht, daarvan ben ik overtuigd.

Het laatste deel van G.S. zijn verweer luidt, dat zijn Engels waarschijnlijk te slecht is geweest. Ik zou zeggen: laat je in dat geval, als schrijver nog wel, niet door een Brits journalist een interview afnemen over een voor ons allen zo vitaal onderwerp als het Schrijversprotest, zonder je van de diensten van een bekwaam tolk te hebben verzekerd. Ik bedoel dit niet als een advies voor de toekomst, want ik wilde G.S. een nog betere raad geven. Als hij wil vermijden, dat er andere dingen in kranten komen dan hij bedoelt, bedoeld heeft, bedoeld zou kunnen hebben of, onder alle voorbehoud uiteraard, zou hebben willen bedoelen, dan zou hij de Nederlandse beroepsschrijvers een grote lol kunnen doen door *helemaal niets meer over de schrijversaksie te zeggen of te schrijven.*

Ziezo, gelukkig dat ook dit weer in orde is. En thans, lieve landgenoten, waar ook ter wereld: in Morpheus zijn armen, hoor, oftewel op één oor! (Het is waarachtig al bij tweeën – niets voor mij om nog zo laat op te zijn, maar ja, soms nopen de omstandigheden je ertoe.)

Vrijdag 26 juli. Gistermorgen was ik, ondanks het late besluit van de voorafgaande avond, al weer vroeg uit de veren. Zoals ik mij had voorgenomen, ben ik op de kamer gebleven en heb ik de gehele dag geprobeerd te schrijven, bijna tot het in tranen uitbarsten toe, maar zonder effect, terwijl het bed steeds voller kwam te liggen met snippers en proppen. Tegen het einde van de middag kwam weer de koorts opzetten, waaraan men beter niet te veel aandacht kan besteden, want alles is hier – niet speciaal in dit hotel, dat zich overigens in menig opzicht gunstig van alle andere die ik bewoond heb, onderscheidt, maar in dit land in het algemeen – besmetting en verrotting, en de Dood vliegt als het ware door de lucht. Wat het geweest is – disenterie, malaria, Vliegende Darmkoorts of buikzinkings, dat zal ik wel nooit weten, en ik voel er niet zo veel voor om het door een Spaanse paardendokter te laten belezen. De arbeid van de gehele dag zal mij wel geadeld hebben, maar de buikloop had mij zo uitgeput, dat ik nog voor het donker in bed moest gaan liggen. Van 'welverdiende, verkwikkende rust' was echter geen sprake. Wel deed zich het in romans, in passages over sterfbedden en doodsstrijd, vaak zo knap beschreven 'ineenvloeien van verbeelding en werkelijkheid' voor: eerst het gewone zweefwerk, daarna een verscheurende doodsangst, zoals ik nog maar een paar keer eerder, meestal op straat, en één keer met bijna dodelijke intensiteit in De Bijenkorf (nooit in de Hema) te Amsterdam gehad heb, vervolgens het afwisselend groter en kleiner worden van de kamer, daarna de zo goed als opgevolgde influistering, om van de tweede verdieping op straat te springen; bij dit alles vergeefse pogingen om te spreken en te schreeuwen en tenslotte, door de deur heen, die, ik zweer het want ik weet het zeker, zowel op slot als op de knip was, het binnenschuifelen van het Grijnzend Schepsel, welks verschijning misschien een door de Oude Slang geregisseerde, boosaardige parodie op het Pinkstergebeuren moet voorstellen, en tegen wie je letterlijk aan ieders borst bescherming zoudt willen zoeken. Weinig zal het daarom de nauwlettende lezer verbazen, dat ik hedenmorgen blij ben, dat het wederom dag is geworden. *Gegroet, gij heilig licht! (Vele, vele weldaden!)* Stilte en Vrede zijn in mijn ziel neergedaald en nu ik, 'vermoeid doch voldaan' aan het tafeltje in de hoek voor mij uit zit te staren, dringt zich opeens de gedachte aan mij op, dat het wel eens zou kunnen, dat God mij heeft veroordeeld om mijn gehele verdere leven in hotelkamers te wonen, welke gedachte, na mij heel even een felle schrijning van Verdriet te hebben bezorgd, mij met een niet geringe verrukking vervult. Als het zo is, zal ik me erin schikken, ten eerste omdat het goed en deftig is mede te mogen werken aan Zijn heilsplan en ten tweede, omdat het verspilde moeite is, zich kwaad te maken over, of zich te verzetten tegen iets waar niks aan te doen is. Ik weet haast zeker, dat ik God zou blijven prijzen 'in woord en geschrift', hoewel ik dagen zou kennen dat ik het bijna niet meer aan zou kunnen, met instortingen, dingen uit het raam op mensen hun kop gooien, etc., want het zou een hard lot zijn. Volgens Sartre is de hel een hotelkamer, en laat men dit geen grote vondst doch veeleer een cliché vinden – waar is het wel. Bij Sartre komen ze soms niet als je wel belt; bij mij komen ze altijd wel, al bel ik nooit zo zou je het kunnen samenvatten. In het allereerste hotel 'kwamen' ze al: Hotel Bragança in Lissabon (*completamente remodelado*; ELEVADOR; *conforto, asseio e modicidade de preos*; OPTIMA COZINHA; *Man Spricht Deutsch*), een keurig hotel van de derde categorie, waartegen niets steekhoudends valt aan te voeren, en dat het verre van mij zij, in opspraak te willen brengen, maar ik kon en kan ook nu nog niet inzien, waarom, zowel bij mijn uitgaan als bij mijn terugkomen, een bleek en niet eens mooi jongetje, bijna struikelend, door de lounge moet komen aanrennen om net op tijd de vestibuledeur voor mij open te trekken, die ik zelf zonder de geringste inspanning in staat ben te ontsluiten – ik ben nog niemand tegengekomen, die me de reden heeft kunnen uitleggen. Overal ordent de Kamervrouw de voor buitenstaanders nu eenmaal altijd onbegrijpelijke en unieke bagage, waar men helemaal niet wil dat ze aan zit, volgens haar eigen logica, welke die ook zij, zodat men niets kan terugvinden en telkens, met uitbrekend zweet, meent bestolen te zijn. (Eens zal ik de moed opbrengen, te eisen dat, van mijn aankomst tot mijn vertrek, niemand dan ik de kamer zal betreden: ik zal wel zeggen dat ik Zuiver Wetenschappelijk Onderzoek doe, of Goud moet maken, of iets dergelijks.)

De kamers zelf zijn vol Vrees en Gevaar, maar het in- en uitgaan is het gruwelijkste. (Hoewel ik eens, jaren geleden, met ***** in een hotel te Toulon verbleven heb, waar we de sleutel van de kamer bij ons mochten houden en bovendien die van de straatdeur meekregen, en nooit iemand behoefden passeren of zien, zodat we eens van het promenadeplein een bij feller licht heel wat minder aantrekkelijke Soldaat meenamen met zeer goor ondergoed en een bleke huid als van een kip daaronder, die het Frans slechter beheerste dan wij en in het verkeer met wie, mede door onze gedrenktheid in alkohol, het geen van ons beiden gelukte de verzadiging te bereiken, al was ik die, door het sluiten van de ogen en het beruiken en met de vingertoppen bevoelen van des soldaten pet, enkele ogenblikken heel dicht genaderd.

Maar dat zijn uitzonderingen, droomhotels vermoedelijk, die bij een volgend bezoek aan de stad, hoewel men het adres precies genoteerd heeft, niet meer te vinden blijken en waarvan het bestaan, of zelfs het ooit bestaan hebben, bij navraag, door iedereen koppig wordt ontkend.)

Ik probeerde dan ook, als het enigszins mogelijk was, gedurende mijn vier dagen durende verblijf in Lissabon, door combinering van het noodzakelijke boodschappen doen met de toeristiese dwang van het door de stad slenteren, het passeren van de lounge tot twee à drie keren daags te beperken; maar na het weer binnenglippen ontkwam ik natuurlijk niet aan het stompzinnige op de kamer zitten, waarbij men te moe, te kaduuk en te bezweet is om zich ertoe te kunnen brengen zijn broek open te knopen, zodat er niets anders overblijft dan te staren naar die zonderlinge toneelmeubelen, die men 'in het partikuliere leven' nergens zou kunnen aantreffen en welker stijl het vrijwel onmogelijk maakt, op de aanblik alleen, vast te stellen (Alles is Eén, III) of men zich in Parijs, Lissabon, Sevilla of Harrow & Wheelstone bevindt: het ledikant met de koperen ballen, immer de vrees oproepend van eenzaam te zullen sterven; het nachtkastje met marmeren blad erop en sinaasappelschillen erin; het voor schrijven te lage en ook verder nutteloze, opklapbare tafeltje dat hup-hup doet omdat de vierde poot een flink eind boven de vloer blijft, wat altijd, bij het klandestien inschenken van het eerste glas rode wijn, een fikse gulp over de kledij doet gaan; het kabinetje dat noch tafel, noch burootje is, en waaraan dan ook schrijven eveneens onmogelijk is; de dubbeldeurige hangkast met spiegels, die via depressies tot reeksen van overmatige masturbatie leidt; de twee lampjes, één boven het bed en een ander aan het plafond, met soms nog een derde boven de wastafel, die vrijwel nooit met hun drie- en tegelijk kunnen branden, hoewel ze samen zelden de 75 Watt te boven gaan; en, tenslotte, de reeds eerder ge- noemde vitrage waardoorheen, in alle steden der aarde, hetzelfde gezeefde licht naar binnen valt, waaronder Vast- gebonden Jongens gemarteld zouden moeten worden, die er natuurlijk niet zijn, zeker niet in een derdeklas hotel, zodat men, op de rand van het bed gezeten, al neuriënd de angst de baas probeert te blijven wanneer men, op de be- tegelde vloer van de gang, het Hotelwezen, dat noch mens, noch dier is, maar dat wel kan lachen, hoort voorbijslof- fen en even stilhouden aan de andere kant van de deur, die men, met bijna stokkende hartslag, zich herinnert niet op slot te hebben gedaan. God is mijn getuige, dat ik het ver- re van mij acht, u verdrietig te willen maken (alsof er niet genoeg misère op de wereld is), en u moet ook niet al die praat geloven, dat ik *negatief* ben en zo, wat bijvoorbeeld 'Senator' (witte as) Algra gezegd heeft, want ik leef voor anderen, dat is beslist een feit, en 'uit de schatkamers van mijn geest' verrijk ik tenslotte mijn volk en daarmede, zij het indirekt, de gehele mensheid. Mooie dingen zijn er wel degelijk – ik zal de laatste zijn om het te ontkennen. Zo kreeg ik gisteren van de Jongeheer R. (wiens tot voor kort, gemakshalve gebruikte bijnaam is vervallen en aan wie thans alleen nog maar met de omschrijving 'de jonge Indiese Nederlander R.' mag worden gerefereerd), die in dit hotel op mijn uitnodiging van midden tot eind juni heeft gelogeerd, een brief, waarin hij schrijft, dat het doodzieke aapje N. de Van der Hoogt Prijs heeft gekregen en tevens, waarschijnlijk als kroon op al die roem, naar de Writers Conference in Edinburgh is afgevaardigd. Zulke dingen doen me goed, en zijn heel wat beter nieuws dan al die krantenberichten over moorden en verkrachtingen. Ik ben erg blij voor N., vooral over die prijs, en als nu niet voorgoed vaststaat dat hij de grootste levende Nederlandse schrijver is, dan geloof ik in niets meer, en zou ik niet weten waarvoor ik nog zou moeten leven. Van het bedrag zal hij misschien het sleutelgeld kunnen betalen voor een grotere woning, zodat zijn vrouw niet langer in de keuken hoeft te zitten terwijl hij schept. En naar Edinburgh, dat is ook heel goed, hij moet er weer eens uit, al vind ik het raar om iemand naar een kongres in Groot-Brittannië te sturen die geen Engels spreekt. Maar je mag er ook Frans praten, al luistert daar evenmin een hond naar, behalve een paar uitslovers in de zaal die, voor zes shilling geloof ik, een luisterofoon met antenne en alles voor de tolk op hun kop gehuurd hebben; niet zeuren, u begrijpt drommels goed wat ik bedoel. Als de halfzachte John Calder weer de leiding heeft, hoeft u in ieder geval geen krantenartikelen te raadplegen, maar zult u in mijn *Brief Uit Edinburgh* van vorig jaar een getrouw verslag van de *Conference* van 1962 aantreffen. (Herinnering van misschien wel 29 jaar geleden, op het Eiland Texel, aan de proppen papier etende gek, maar ook aan de aldaar weerboompjes verkopende oude man: 'Jullie vragen alsmaar wat voor weer het wordt – waarom kopen jullie geen weerboompje, jongens, dan weten jullie altijd wat voor weer of het wordt...' Die man, die zal nou wel dood zijn, het helpt allemaal toch niks.

'Vlinder in de jeugd, en larf op het eind.' *O Mensch denck dat gij toch sijt sterflijk | En dat ja daarenbooven | Uw leven ook, is maar een Rook | En als een licht vergaande smook. | Een blomme die omme licht leit | Verwaait tot Dorrigheit. | Of ook als Gras, dat gistren was | En morgen Hooy is op den tas.*) Ik heb zin om mijn eigen te bezuipen: ik heb al een klein beetje op, trouwens.

Zaterdagavond 27 juli. Gisteravond laat, op de kamer, ben ik op een heleboel mensen hun gezondheid begonnen te drinken, maar ook, het is zonde dat ik het zeg, op sommigen hun dood. Een paar zijn tot een volgende keer ontsnapt, omdat de $^3/_4$ liter cognac tenslotte op was en het over drieën was geworden, te laat, zelfs in Spanje, om nog ergens iets te kunnen kopen. Een heel drinkbare cognac, al zou aapje N., bij de lucht alleen al, moord en brand geschreeuwd hebben en geweldig geestige opmerkingen gemaakt hebben over 'afgekeurde vliegtuigbenzine', etc. Ik vond hem in ieder geval verwonderlijk krachtig en geurig, bijna droog zelfs, en vooral goed smakend door de overweging, dat hij slechts één gulden tachtig de liter had gekost. Maar het is net als met de Uitvreter zijn tabak, uit Friesland: ik kan die drankzaak niet meer terug vinden, waarvan ik alleen weet dat er een tengere en heel mooie soldaat uit een groene halveliterfles witte wijn zat te drinken en zoute erwten te eten, en dat er een autobus voor de deur stond, wat beide natuurlijk te vage aanwijzingen zijn. ('Misschien kunt u me helpen, ik ben het adres kwijt, maar er was een heel mooie soldaat, en er stond een autobus voor de deur ook. Nee, die soldaat, die was binnen. Ach, u weet het vast wel', etc.) Verder was het de gewone volgorde: piekeren, mompelen, vloeken, steeds luider praten, op en neer gaan lopen, duizelig en misselijk worden, tegen beter weten in heet water maken op het Geheim Komfoor (dat niet meer zo erg geheim is, want ik geloof niet dat het ze hier iets kan schelen) en poederkoffie drinken, daarvan nog beroerder worden, op het bed gaan liggen, een soort zonnesteek, het innemen van amorfe plantaardige kool, en, in een vlaag van inzicht, het besluit om te proberen naar buiten te gaan, snel, 'in Gods vrije natuur'.

Aldus begaf ik mij, bevend en zwetend als een otter, hoewel nog verwonderlijk wel bij het hoofd, want pienter genoeg om winden binnen te houden (men houde dit in het oog) en ook nog om, op het laatste moment, de gedachte van uit het raam weg te vliegen te verwerpen, zacht neuriënd naar beneden, om, wat ik anders nooit zou hebben gedurfd, de nachtportier, ook hier, als overal ter wereld, een bij het nachtlegioen aangemonsterde, politieke onderduiker met dode ogen en kortmouwig polohemd (Alles is Eén, IV), uit zijn op het blad van zijn secretaire uitgeoefende, voorhoofdplettende slaap te wekken. Eenmaal buiten, haastte ik mij naar het verlaten terras van Cafetaria Europa, *importe de su consumición*, om vandaar, een stoel uit de bergschuur gesleept hebbend, uit te kijken over de baai, naar het gele lichtbaken van het vliegveld van Gibraltar, de lichtjes van de Rots, de uitzichtstorende rij lampen op de kade voor de ijsfabriek, en tenslotte omhoog, in de onbegrijpelijke ruimte, hier even griezelig als in Nederland, maar een stuk helderder, enz., enz. – veel meer moet ik er maar niet over zeggen, want mensen die hun medeschepselen met Natuurbeleven lastig vallen zijn minstens zo erg als het montere soort lieden, dat de handeling ener film zo bereidwillig uit de doeken weet te doen. De mensen zouden knusser met elkaar moeten omgaan, hun stadswijken als dorpen bewonen, en ingetogen, zonder zucht naar weelde, moeten proberen te leven, ziedaar de hoofdlijnen van mijn door de aanblik van de Nachtzee opgeroepen Gevoelens, bij welke zich nog de overweging voegde dat, hoe machtig de Satan ook mocht zijn, hij zich eens aan God zou onderwerpen, zich met Hem verzoenen en Hem uit eigen, vrije wil en liefde zou dienen; alsook, dat eens alle dingen verzoend zouden worden en dat zelfs, heel misschien, mij mijn zonden waren vergeven. (Lam Gods, laat Je wegen.) Gebogen hoofd, tranen, en rondkijken naar een dier om het een zoen op de kop te geven, welk streven mij plotseling met walging vervulde, omdat ik, zo vroeg als het was, daarbij alweer moest denken aan een passage bij Henry Miller, waarin hij beschrijft hoe hij, na zich in een tuin, onder het genot van vele glazen God weet wat voor uilenurine, door een Franse boekhandelaar van alles over de Franse Kultuur op de mouw te hebben laten spelden, in weer een andere tuin, geloof ik, een verweerd stenen Nimfje op de vochtige lipjes kust. (Ik heb nooit kunnen besluiten, welke passage ik viezer vind, deze of een andere, waarin hij mededeelt met zijn vrouw een trektocht op de fiets door Frankrijk te hebben gemaakt.) Van het kussen op de kop is overigens niets gekomen, want in dit land hoef je maar naar een hond of kat te kijken, of ze rennen voor je weg alsof je een geweer op ze gericht hebt: ze hebben leergeld betaald. (*Het Dier in Spanje, of Wat Geen Gids Vermeldt: De Nog Ergere Keerzijde van de Spaanse Tragedie*, door een Geleerd Vreemdeling in Deze Landen opgetekend, die alles, uit Nood, heeft bijgewoond.) Ik moest maar weer teruggaan naar het hotel, besluit ik, en proberen nog wat te slapen.

Zondag 28 juli. Mijn pogingen om te slapen hebben geen resultaat opgeleverd. Aldus ben ik maar weer opgestaan, om aan het raam te gaan zitten en toe te kijken, hoe zich de dageraad verheft. Al dagen lang is het zonloos en zwaar betrokken weer, met een krachtige, dwarrelende oostenwind, eigenlijk bijna het 'weer van alle mensen', uiterlijk reeds herfst, zonder rook maar vol gepeins, al is het natuurlijk veel heter en drukkender dan bij ons. Die nooit door enige pen, zo min in Nederland als hier, te beschrijven wolkenlucht, het doorbrekend licht dat hier lijkt op dat boven de kust van Holland – er is niets weemoedigers, en niets dat zo meedogenloos dwingt tot denken aan vroeger. Ik zou eigenlijk weer naar huis willen, maar ik heb geen thuis meer. (Het is toch wat.)

Het uitzicht, dat weet ik nu wel zeker, op een gebouw aan de overkant, is me na zes weken begonnen te vervelen: een vroeg 20ste eeuws mengsel van klassicisme, barok en romantiese willekeur van stijl, en zo vuil als de kleur is, niet eens lelijk, maar nu al, ondanks de ijverige kramming van de pilaren van een overdekte daktuin, volgens mij op het punt in elkaar te donderen, wat de eigenaar natuurlijk niet belet de bovenste verdieping van binnen eens flink door de stukadoor te laten opknappen. Het heeft iets te maken, het gebouw, met vreemdelingenverkeer, want er staan altijd runners voor de deur met een stapel paspoorten in hun klauwen – de meeste mank en één zelfs houder van een met leder beklede knop inplaats van een hand – en altijd schuifelen er gesticulerende, dikke echtparen rond, afgemat uit automobielen geklommen, wier dodelijke angst om vijf pesetaas te worden afgezet, nog steeds de overhand heeft over hun uitputting door de reis; terwijl een aantrekkelijke jongen van 15 jaar gereed staat om koffers weg te dragen, welke nuttige taak hem echter zelden wordt toevertrouwd. In het gebouw zelf, dat de betrokkenen zich na allerlei geweeklaag laten binnen drijven, moeten zich de verschrikkelijkste tonelen afspelen, en eigenlijk zou ik het eens binnen moeten gaan, om de smekingen voor loketten, de ruggespraak met gebrilde echtgenotes, en het zinloos tonen van niet ter zake doende papieren gade te slaan, waarbij ik de steeds krachtiger uitgezette stemmen zou kunnen horen waarmede men, in alle tijden, gehoopt heeft de taalbarrière te doorbreken. (De dichteres H.M. vertelde mij, dat een vriend van haar, uit een in Barcelona parkerende bus, een vrouw had zien komen die tegelijkertijd met hem eenzelfde bar binnenging, waar ze, steeds luider, wanhopig naar buiten wijzend en een cirkel van vrijwel onbeperkte straal om zich heen aanduidend, de man achter de toonbank, tot schreeuwens toe, smeekte: 'Slager!? Slager!?' Dat zijn de mooie dingen, vind ik, die je echter maar zo schaars worden gegund.) De lust om het gebouw te betreden is tot nu toe evenwel nooit sterk genoeg geweest, en misschien kan ik het ook beter nalaten, want mijn strijd tegen de wanorde is zonder dat al zwaar genoeg. Ik probeer te werken, en ik kan zelfs zeggen dat ik vorder, maar, God nog aan toe, met welk een verhouding van prestaatsie tot tijd en inspanning! Volgens de berekeningen van Zusje J. van de beide Zusjes M. te 's G., die mijn Algemene Horoskoop zeer bekwaam berekend heeft en ook, tot het einde van dit jaar, mijn lot gedetailleerd heeft uitgewicheld, zou het tot begin september niets gedaan zijn, en dat heeft in ieder geval tot nu toe feilloos geklopt, al is daarmede nog niets ten gunste van de astrologie bewezen, aangezien het, wat mij aangaat, zo goed als altijd 'niets gedaan' is geweest. Lastiger is, dat ze een uitzondering heeft weten te berekenen voor de maand juli, waarin sprake zou zijn van 'hard en goed werken'. Omdat ik haar voor niets ter wereld het verdriet wil doen dat het niet uitkomt, zit ik dag aan dag en avond aan avond te proberen iets dat zin zou kunnen hebben, op papier te krijgen, steeds verbetener en wanhopiger naarmate ik het einde van de maand naderbij zie komen. Het pak probeersels en 'voorafgaande versies' – dat ik niet weggooi omdat de verzamelaar N.N. in Amsterdam het van me koopt – is nu wel 180 vel dik geworden, en misschien moet ik de prijs voortaan maar eens verhogen, van deze 'stomme getuigenissen' van het gevecht dat ik dag in, dag uit, moet voeren met de Oude Slang, wiens haat vooral de Zin der schepping geldt en die daarom, zelf onmachtig om iets te maken, zich probeert te wreken door elementen van de schepping in de schijnbare orde van een valse opstelling bijeen te voegen. (Hoe God dit minderwaardig gewroet kan dulden, zal wel altijd een raadsel blijven.) De schijnbare orde ener valse opstelling, die de Slang in mijn werk probeert binnen te smokkelen, maar die ik, Godlof, nog steeds als vervalsing heb weten te herkennen, zou ik de naam willen geven van Onrechtmatige Penetratie Van Zinloos Feit, of, voortaan, kortweg Zinloos Feit. (Andere benamingen zouden kunnen zijn: Onwaarschijnlijke Opeenhoping, Bizondere Onzin, Storende Verrassing, Onintegreerbare Bijkomstigheid, maar ik houd mij maar bij de eerste, die objektiever en summierder is.) Enige toelichting met voorbeelden die ik thans laat volgen, zal, hoop ik, wat de lezer nog niet ten volle begrijpelijk mocht zijn, geheel duidelijk maken.

Ik zou graag een verhaal willen schrijven, dat bijvoorbeeld begint met: 'In Nijmegen woonde een dokter'. Nou, zult u zeggen, dat kan toch? Zeer zeker kan dat, maar waar niemand bij stilstaat is, dat die dokter *een Finse vrouw heeft*. Wat steekt daar dan voor kwaad in? roept u al uit. Helemaal geen kwaad – mij zal het een zorg zijn, waar hij hem insteekt, hij is tenslotte dokter, en als hij het niet mag, wie dan wel? Maar waar het om gaat is, dat noch ik, als Schrijver, noch u, als lezer, ook maar iets hebben aan dit

Zinloos Feit, dat alles vernielt en verpest, waardoor alle werk vruchteloos blijft, elke verdere mededeling belachlijk want ongeloofwaardig wordt, en alle menselijk lijden, inplaats van een zinvol offer te zijn, tot een zotte farce wordt gereduceerd: we hebben namelijk wel met een onomstotelijk feit te doen, maar dit feit kan slechts zin hebben, indien het een funksie krijgt in het verhaal, bijvoorbeeld doordat de vrouw een tijdje naar Helsinki gaat, weer terugkomt, opnieuw naar Helsinki gaat, etc. Je moet niet vragen wat dat allemaal gaat kosten, zelfs als ze zo goedkoop mogelijk, bijvoorbeeld per vrachtboot, heen en weer reist. Maar zelfs als men zich daar overheen zou weten te zetten, dan nog wordt het verhaal, bij wijze van spreken, in tweeën gerukt, en alleen een geweldige lengte, met een epiese opbouw, zou dit euvel kunnen verhelpen, waarbij het dus een soort *Tale Of Two Cities* zou moeten worden, maar dat wordt nooit mooi, want Helsinki en Nijmegen, dat is geen vergelijk.

Nu denken sommigen onder u heel slim te zijn door te zeggen: verzwijg doodgewoon de afkomst van die vrouw! Je bent heus niet in je eerste leugen gebarsten! Maar wie dat zegt, is een grote domkop, want die vrouw zou zich immers, bij de eerste paar woorden die ze zegt, door haar aksent verraden! U zult moeten inzien, dat het niet gaat. Maar omdat ik u misschien niet zo gemakkelijk overtuig, zal ik nog een paar voorbeelden geven: de jonge Indiese Nederlander R. zal de 18de juni om 5 uur 's middags in Malaga aankomen, waar ik hem van het station zal komen afhalen. Wat is er machtiger dan een station, tenminste, ik vind dat een station *zichzelf prakties schrijft*: stoffige wachtlokalen, rook, verbindingen met de verte, bespiegelingen, groenbekapte lampjes in mensenhokjes, automaten waar een gevuld ei uit moet komen maar die het niet doen, ach, ga maar door, het kan bij wijze van spreken niet op. Maar *komt* de jonge Indiese Nederlander R. werkelijk 's middags om vijf uur aan? Welnee, hij komt, verkeerd voorgelicht, reeds 's morgens om elf uur, een half uur nadat ik het station, waar ik de aankomsttijd nog even ben wezen 'verifiëren', verlaten heb, aan, wordt dan ook terstond door runners gegrepen, en, in triomf in een open rijtuig vol gepoetst koper en zwart leder, voor veel te veel geld, in het volstrekt onnodig gezelschap van de runner, die eenzelfde bedrag zal eisen als de koetsier, naar het hotel gereden waar ik hem, terugkerend met nieuw aangekochte dranken, vruchten en lichte versnaperingen, in de kamer aantref, gekleed in een allerschattigst, lichtbruin corduroy kostuum, dat hem vooral in het rijtuig, in de zon, tot een feest voor het oog moet hebben gemaakt, maar waarin hij nu al, vóór de middag nog, zowat stikt. Het verspilde geld is zo erg niet, waar ik me trouwens tegenwoordig veel beter overheen weet te zetten dan vroeger, maar de invloed van het Zinloos Feit is zo groot, dat, als het ware, een deel van het verhaal zich erdoor onttrekt aan waarneming en daarmede aan een voldoend nauwkeurige beschrijving; sterker nog, ik zou niet weten, hoe het standpunt te weerleggen van hen die aanvoeren, dat een belangrijk deel van het verhaal er zelfs *niet eens is*, omdat het begin, de kop, er finaal aan ontbreekt: het zitten wachten, het op het aankomstbord gaan kijken, weer op de bank gaan zitten, voor alle zekerheid nog eens navraag doen, gaan pissen, etc., allemaal dingen waarnaar men, als ik over R. zijn verblijf een verhaal zou schrijven, tevergeefs zou moeten zoeken. Aan goede wil ontbreekt het me niet: ik zou met alle plezier me aan het schrijven van het begin van het verhaal willen zetten, maar dat kan niet, omdat, nota bene, het hele begin weg is! Ineens was hij er, de jonge Indiese

Nederlander R., als u begrijpt wat ik bedoel, en dat gaat niet, aangezien een mens niet zo maar uit de lucht komt vallen, tenminste niet in een degelijk verhaal over gewone mensen, hun dagelijkse hoop en verlangens, hun verwachtingen voor de toekomst, e.d., waarbij men altijd aan iets voorafgaands moet releveren. Verzwijgen dan maar weer? Hem dus in het verhaal op de oorspronkelijk opgegeven tijd laten aankomen? Dan zou de Slang eerst recht zegevierend kunnen grijnzen, want het verhaal zou dan een uitsluitend door het koude, duivelse verstand ineengezet bedenksel worden, waarin ik, om maar een enkel voorbeeld van de schier ontelbare moeilijkheden te geven, de kas zou moeten bezwendelen, en het bedrag van die afzetterij door runner en open rijtuig zou moeten verdelen over alle dagen van R. zijn verblijf, zodat niet een deel van het verhaal, maar de hele geschiedenis ongeldig zou worden door haar doordrenktheid met een vals getuigenis, voortvloeiend uit oneerlijkheid, met geld nog wel, wat een van de ergste dingen is.

Maar we zijn er nog niet, want wat gebeurt er de volgende dag? We vertrekken op de bromfiets naar Algeciras, na onze bagage, vier colli, op het busstation ter verzending naar Algeciras te hebben afgegeven, want volgens mijn Britse kunstbroeder G.B. in Churriana kun je alles 'met de bus meegeven'. (Zeg dat wel.) Ik stel, op de hotelkamer, van te voren een schriftelijk stuk op, waarin ik uiteenzet dat *ik niet*, maar de *bagage wel* met de bus mee moet, lees het voor, de man bezweert me dat alles goed is en terecht zal komen, ik betaal, krijg een reçuutje, geef de man een pakje sigaretten, en verlaat opgelucht het busstation, maar, als wij 's middags laat op het busstation in Algeciras onze vier 'bultos' willen ophalen, roept de man aldaar, mijn reçu bekeken hebbend, steeds luider, dat onze bagage zich, doodeenvoudig, nog in Malaga in consigne bevindt en, blijkens het biljetje, daar ook nooit voor iets anders dan ter bewaring ter plaatse is aangenomen. Opnieuw dus een Zinloos Feit, dat geen funksie in het verhaal vervult, omdat het noch uit het (weliswaar een beetje jaloerse, maar overigens heel lieve) karakter van de held voortvloeit, noch ermede verband houdt: het had 'net zo goed niet hebben kunnen gebeuren', en nu zult u, voor de zoveelste maal, wel weer kraaien: 'Weglaten dan! Weglaten!' Maar hoe dan dat wachten te verantwoorden, 's avonds om half tien aan het busstation, op de aankomst van de laatste bus uit Malaga, waarin, door telefonies ingrijpen van de bureelhouder in Algeciras, de *bultos* alsnog zouden arriveren? Ik kan toch moeilijk schrijven, dat we iemand wilden afhalen – die dan niet eens komt, dat ook nog – terwijl we in heel Spanje eigenlijk niemand echt persoonlijk kennen.

Het eerste Zinloze Feit is als een gat, of afgebeten kop aan het begin, te beschouwen, het tweede als een verbandloze bobbel, een zwelling of viervoudige bult, en resumerend zou men kunnen zeggen, dat sprake is van respektievelijk een gebrek en een overtolligheid, die elkaar – hier vervliegt onze laatste hoop – niet kunnen opheffen, want ik zou, in het verhaal, bezwaarlijk R. over vier stuks bagage kunnen verdelen, hem hetzij op het treinstation, hetzij op het busstation van Malaga in consigne geven, en dan maar op zijn aankomst gaan zitten wachten in één van beide genoemde stations, of afwisselend zoveel uur in het ene en zoveel uur in het andere, of zelfs in Algeciras, want ik heb voor mijn Kunst graag het ongerief en de vermoeienis van een reis over: hoe je het ook zou aanpakken, de auteur zou geen schijn van kans hebben, het gaat eenvoudig niet, tenminste nu niet. Ik denk dat we meer afstand tot het onderwerp moeten hebben: misschien, dat latere geslachten in staat zullen zijn, het verhaal van de jonge Indiese Nederlander R. zijn verblijf alhier op zinvolle wijze op schrift te stellen, want op het ogenblik is het geen doen, en houdt u alstublieft uw kletspraat voor u, dat het wèl kan.

En nog zijn we er niet: we zitten dus samen op kamer 10 van Hotel Madrid (ik vermeld dit detail voor 'latere geslachten', eigentijdse pelgrims, en scripsiemakers) en ik zeg de volgende morgen: 'Zeg schatje, wat is dat toch voor een kruidige damp die hier hangt? Het doet me ergens aan denken, al weet ik niet goed wat.' (Het had 's nachts geonweerd en hard geregend.) Waarop R. met een schreeuw ontdekt, dat hij, stellig in zijn slaap door de plenzende regen verleid, in bed gewaterd heeft, en bijna begint te schreien van schaamte, terwijl ik zijn laken van het bed trek om het, na de gedrenkte plek te hebben uitgespoeld, op het balkon te drogen te hangen. 'Trek het je maar niet aan,' zeg ik, nog even in mijn bed teruggaand. 'Als het er niet uit gaat gooien we er een glas cognac overheen, en putten we ons uit in verontschuldigingen.' 'Ik begrijp het niet,' klaagt R. 'Ik begrijp het heel goed,' zeg ik. 'Je hebt in bed gepist. Weet je, ik zou liever dood willen zijn, dan dat me zoiets overkwam.' Opnieuw deelt R. mede, dat hij het niet begrijpt. Deze, op zichzelf weinig belangwekkende gedachtenwisseling gaat nog enige tijd voort, tot ik, op een gegeven ogenblik, peinzend opmerk: 'Een goede dag begint met Gillette. Een oude waarheid, al wordt niet gespecificeerd of scheren dan wel polsen doorsnijden bedoeld wordt.' Zo nog wat meer gevatheden, opmerkingen in de trant van 'Ik denk dat ik me zo tot je aangetrokken voel, omdat ik het manlijke type ben', etc. etc., alsmaar grappiger, want ik kan 's morgens vroeg al geweldig op dreef zijn. Mijn laatste kwinkslag meen ik te moeten besluiten met een Verzamelwind, zoals je ze uitsluitend 's morgens vroeg, en dan nog hoogstens een keer of twee, drie, kunt verkrijgen, maar 'wie schetst mijn verbazing' als ik, van het ene ogenblik op het andere, midden in een massa eigen vuil ben komen te zitten, en thans ook mijn laken kan gaan uitspoelen. Geen beter voorbeeld van een Zinloos Feit, zou ik willen zeggen, en waarom? Ten eerste, omdat het geen funksie heeft in het verhaal, want men gaat niet een verre reis naar Spanje maken om daar zijn bed te bewateren, respektievelijk te bevuilen, al zijn er genoeg geestelijk niet volwaardige mensen, die er het geld, de tijd en het ongerief voor over zouden hebben; ik stel er nu eenmaal een eer in, over gezonde, normale mensen te schrijven. Ten tweede komt het voorval noch voort, noch houdt het verband met R. zijn karakter, want zindelijker en properder mensenkind kan ik mij niet indenken: het is volkomen buiten zijn schuld gebeurd, het tweede zeker, maar het eerste ook, daar sta ik voor in. Eigenlijk zijn dus de feiten geheel in strijd met de *strekking* van het verhaal, wat op zichzelf al een vernietigend oordeel inhoudt, maar het beslissende is: we kunnen hier, behalve die van Zinloos Feit, ook één van de andere benamingen gebruiken, te weten die van Onwaarschijnlijke Opeenhoping. Een ongeluk zit in een klein hoekje, en het eerste ongelukje zou men nog, schijnbaar funksioneel, hebben kunnen inpassen, door bijvoorbeeld, in het verhaal, hier en daar te wijzen op R. zijn geweldige vermoeidheid, de spanning van dagen lang reizen die plotseling van hem afviel, etc. Maar met het tweede ongeluk veranderen onmiddellijk alle aspekten, en treedt een valse estetiek of schijnharmonie op: het lijkt namelijk, of beide voorvallen met elkaar te maken hebben, maar dat is niet zo, en schijnbaar verwante voorvallen, met zulk een korte tijdsspanne ertussen (in dit geval zeg 5 minuten), die in werkelijkheid niets met elkaar te maken hebben, richten elk verhaal te gronde. Misschien dat het, alweer, voor latere geslachten, die over veel meer wetenschappelijke kennis beschikken dan wij, mogelijk zal zijn ook dit laatste, derde obstakel dat het schrijven van het verhaal over jonge Indiese Nederlander R. zijn verblijf in Spanje in de weg staat, te overwinnen.

Voor mij, intussen, blijft de strijd tegen de Zinloze Feiten, die, onder aanvoering van de Slang, als duizendvoudige vermommingen van het hoofd van Karel I, mijn werk proberen binnen te dringen en daardoor ongeldig te maken, een bijna altijd verloren, en alleen bij hoge uitzondering, op het nippertje – en ten koste van welk een prijs! – gewonnen worsteling. Hoeveel is er niet geweest, dat ik u had willen vertellen, en hoeveel situaatsies heb ik niet gezien, waarvan ik dacht, dat ze in een verhaal vastgelegd konden worden, totdat, telkens weer, het door de Oude Slang achteloos tussen het materiaal gegooide, Zinloos Feit alle ordening teniet deed. En dan reken ik nog niet eens als Zinloos Feit: iemand die flauw valt, een paard dat voor het huis een poot breekt, een jongen die een bal door een ruit gooit (en zeker lichamelijk gestraft moet worden, maar dat is op het ogenblik niet aan de orde), iemand die in bed rookt en een gat in het laken brandt, etc. (want een groot percentage van alle ongelukken gebeurt bij de mensen thuis, met huishoudelijke apparaten die onvoldoende beveiligd zijn) – dat alles laat ik grootmoedig door, dus kleingeestigheid kan men mij beslist niet verwijten.

Volledigheidshalve wil ik u nog, in het hierna volgende, een relaas geven hoe, op het laatste moment nog wel, toen ik al veel voorbereidend werk tot het vervaardigen van een verhaal had verricht, een Zinloos Feit opeens al mijn arbeid futiel maakte:

Met een introduksie van kunstbroeder G.B. in Churriana maakte ik, een kilometer of 25 landinwaarts, in een dorp in de buurt van Coin, ongeveer twee maanden geleden, kennis met zekere Lizzy, een Engelse van tegen de veertig, die een reusachtig huis had gehuurd voor slechts 60 gulden per maand, eigenlijk veel te groot voor haar en haar kleine dochtertje Sunny alleen. Aldus bood ze mij, tegen een geringe vergoeding, een kamer aan, en ik, het wekenlange reizen moe, nam haar aanbod aan. De situaatsie was van een ongehoorde treurigheid: één van de eerste dagen van mijn verblijf was Lizzy jarig, en schreef ik met zeep *Many Happy Returns* op de spiegel en gaf ik haar, het etiketje van 38 pesetaas erop latend, een halveliterfles merkcognac kado, maar hoe oud ze geworden was heb ik maar niet gevraagd, want de dag was zonder dat al droevig genoeg, aangezien Minnaar Stanley, vader van Sunny, die volgens zijn eigen schriftelijke belofte deze dag present had moeten zijn, al maanden lang niets, of alleen warhoofdige kommunikaatsies, van zich had laten horen. In het begin dacht ik, dat deze Stanley een fabelwezen was, zoiets als een gesneuvelde zoon uit de Eerste Wereldoorlog, die door zijn van smart uitzinnig geworden moeder elk ogenblik thuis verwacht wordt, de hoer haar dochtertje dat bij de Zusters zo'n nette opvoeding krijgt, de profeet Elijah met gereserveerde stoel, Jesus Christus die komt om te oordelen de Levenden en de Doden (alles steeds geestelijker), maar hij bleek te bestaan, deze Stanley, behalve volgens mededelingen van de elders in het dorp wonende, ietwat nimfomane landgenote van Lizzy, Ivy (wel de stomste trut van Troje die het God had behaagd in Zijn almachtige gemakzucht te scheppen, maar niet iemand die iets zou kunnen verzinnen), ook volgens Lizzy haar fotoalbum, waarin mij zijn beeld in grote verscheidenheid werd getoond: een slanke man van omtrent 47, met het gewone, ongezonde en onbenullige Britse smoel, maar niet eens onknap. Enfin, de situaatsie was dus mateloos treurig, aangezien Lizzy de afgelopen twee jaar niet veel anders had gedaan dan op Stanley-wacht staan, en ongeveer twee keer per week brieven of telegrammen van hem ontvangen volgens welke hij 'volgende week', 'in elk geval vóór Pasen', 'beslist uiterlijk op Sunny haar verjaardag', uit Schotland zou overkomen, sommige telegrammen reeds een tijd van aankomst op het vliegveld van Malaga opgevend, die echter door enkele uren later arriverende telegrammen weer werd ingetrokken. De spanning van de verwachting van 'Stanley die komt' kon soms tot zulk een hoogte stijgen, dat daarna het werpen met een brood, het slaan met deuren en het, half schreiend, roepen van 'Hell!' een volkomen natuurlijk herstel van het evenwicht inhield. Dat was de toestand inderdaad: evenwichtig en, op grote schaal gezien, zelfs ordelijk en overzichtelijk. Ik begreep, dat ik op materiaal gestuit was, dat eigenaardig genoemd kon worden, geforceerd, bijna tot in het extravagante vertrokken, maar nergens een Zinloos Feit bevattend: van binnenuit zou zich geen Zinloos Feit kunnen voordoen, terwijl er evenmin een van buitenaf in zou kunnen doordringen – tenminste, dat dacht ik – omdat de toestand, bij wijze van spreken, innerlijk verzadigd was, en elk van buiten komend Zinloos Feit als *Fremdkörper* zou worden afgestoten. Alles scheen bruikbaar voor mijn plan, en zelfs de zinledige gesprekken, die ik in de woonkeuken moest aanhoren of helpen voeren, met Lizzy, Ivy en dikwijls ook Ivy haar man Bill – schilder van de afzichtelijkste nonfiguratieve of semifiguratieve doeken die ik ooit heb aanschouwd – leken soms wel op literaire halffabrikaten, waarop de helft van de noodzakelijke stileringsarbeid reeds was verricht. Een diepe, vrijwel religieuze ekstase maakte zich dan ook van mij meester, en ik meende dat de Geest mij hierheen had gevoerd om mij in de gelegenheid te stellen met de Slang mijn laatste en beslissende gevecht te leveren, en voor deze kans was ik gaarne bereid, veel ongerief voor lief te nemen. Want ongerief was er volop: kort na de dood van de vorige eigenaar, in 1937 door kommunistiese kommandotroepen bij het smeedijzeren hek gefusilleerd, was de door hem ontworpen, vernuftig gekonstrueerde waterleiding (gevoed door een soort baggermolen, die werd aangedreven door een om de put heen lopende ezel) onklaar geraakt, om nimmer meer te worden hersteld, hoewel ik de kosten, zelfs na een kwart eeuw, op hooguit vijftig gulden schatte. Uit de put moest men dus zelf water komen halen, waarbij het verbijsterende het ontbreken van een gemeenschappelijke emmer was, zodat iedere omwonende zijn eigene meebracht, een praktijk even smerig als het terugbrengen, in Amsterdam, door gedeeltelijk kaalhoofdige en meeëterdragende vrouwen, van de papieren verpakking van machinaal gesneden brood. Onze wateremmer althans stond gewoonlijk in de pleeruimte, waar het privaat zelf meestal verstopt was, hoe trouw men ook, volgens voorschrift, zijn strontpapieren, inplaats van in de klosetpot, in een vliegomzoemde mand wierp. Het flessengas was voortdurend bijna op, zodat men bij het koken zijn adem moest inhouden en uren geduld hebben; potten, pannen, glazen, koppen, borden en bestek waren, hoewel officieel afgewassen, zo vervuild dat reiniging in strikte zin niet altijd meer mogelijk, en in vele gevallen slechts vernietiging geboden was; door de nabijheid van vee werd het huis dag en nacht doordreund van vliegen, vooral de bovenverdieping, waar zich Sunny haar kamertje bevond, een vertrek dat men nog met de ogen dicht zou hebben kunnen vinden, zo duidelijk was de zoete kindjeslucht van doorpist en nooit grondig uitge-wassen kleertjes en beddegoed, een stank waarvan men zich de haat zal kunnen voorstellen die hij bij mij opriep, als men weet, dat ik boven de lucht van hoe goed ook ge-wassen kleine kindertjes, de lucht van elk willekeurig dier prefereer; terwijl het ergste genoemde Sunny zelf was, twee jaar oud, maar nog geen lettergreep sprekend, echter wel, met tussenpozen van 15 sekonden, een niet van dat van een speelgoedtrompetje te onderscheiden, ongehoord schel geluid uitstotend, elke dag haar kop thee over haar jurkje uitgietend, nog tweemaal daags met een zuigfles ge-voed, in haar pap ranselend met haar lepel, alles, maar dan ook alles, zonder een spier van haar ouwelijk, uitdruk-kingsloze gezichtje te vertrekken, vernielend, van het bordje dat ze 'per ongeluk' liet vallen tot de boterham met honing die achteloos tegen je kleding werd aangedrukt, tenminste wanneer ze niet, meestal daarbij de binnenkant van haar jurkje batikkend, haar gele, op hondekak gelij-kende stront op de vloertegels liet vallen, het drinkwater bedervend door er haar schoentje in te laten varen, en zeer vaardig in het opzettelijk struikelen over je voet, een drem-pel, een steen, waarna een woest geloei inzette, etc. Dit al-les besloot ik te verdragen, omdat de Geest mij nog nim-mer in een zo gunstige strijdpositie jegens de Slang had willen brengen als nu. Dit verblijf immers zou het mate-riaal leveren voor een verhaal, dat uitstekend zou kunnen slagen, indien ik bepaalde, door een negentiende-eeuwse auteur toegepaste kompositiewetten even streng in acht zou willen nemen als hij steeds had gedaan. Ik begon dus aan de bouw van een Voorlopig Schema, waartoe ik, op en neerlopend in de tuin, of loerend vanuit een hoek van de keuken en scherp luisterend, verbindende draden ging spannen. Ik had reeds aanzienlijke macht over personen en attributen verkregen, toen het bericht kwam, dat een vijf en twintigjarige nicht van Lizzy uit Engeland zou overkomen om 'in Spanje een baan te zoeken', ja ja, en de eerste paar weken van haar verblijf bij Lizzy zou komen logeren. Dit nieuws beviel me, bij een reeds zo ver gevorderd Voorlopig Schema, helemaal niet, en ik overwoog meteen maar, voor alle zekerheid, of deze niet haar komst niet reeds als een Zinloos Feit moest worden beschouwd. Op grond van haar bloedverwantschap met Lizzy besloot ik echter, dat zij niet noodzakelijkerwijs een Zinloos Feit behoefde te zijn: alles zou ervan afhangen, of zij door haar gedrag, door bijvoorbeeld haar plotselinge verdwijning, of door een *ongeluk* (men houde dit even in het oog) al dan niet het zozeer gevreesde Zinloos Feit zou voortbrengen. Alle verbindende draden waren nog niet gespannen, dus kon ze nog ingepast worden, al was ik, dat zal de lezer wel begrijpen, weinig geestdriftig. Maar, zoals gezegd, dacht ik: laat gaan, je kunt nu eenmaal niets vooruit weten, en het leven stelt zijn eigen wetten.

Het schepseltje zou 's morgens om half twee op het vliegveld van Malaga (ruim twintig kilometer van ons dorp) aankomen en aldaar door Lizzy in haar vrijwel nieuwe, van Minnaar Stanley gekregen Austin worden afgehaald. Hierbij wil ik, zij het min of meer terzijde, opmerken, dat men, ik weet niet waarom want ik heb geen kunstgeschiedenis gestudeerd, van een automobiel, evenals van een telefoon, in een verhaal meer last dan gemak heeft, zodat ik, toen ik de details van haar aankomst vernam, steeds meer bedenkingen begon te koesteren: zonder de nicht zou ik, dat geloof ik stellig, in het verhaal de auto hebben kunnen verzwijgen (hoewel het natuurlijk niet eerlijk is), want hij stond altijd vrij ver van het huis, bijna niet te zien, tussen bomen, en werd maar weinig gebruikt. Kortom, op de avond voor de nicht haar aankomst zei ik, om een uur of tien, kwart over tien, tegen Lizzy: 'Ik weet niet wat jij doet, maar ik ga naar mijn nest. Ik ben doodop.' (Ik was verschrikkelijk moe geworden van al dat nadenken over hoe ik de nicht in het verhaal alsnog kon inpassen, en hoe ik de verbindende draden aan haar vast zou kunnen maken, etc.) Lizzy was voornemens op te blijven, en de tijd tot haar vertrek naar het vliegveld in de luidruchtigste van de ontelbare bars van het dorp te gaan doorbrengen. Ik sliep spoedig, stond de volgende morgen om vijf uur op om een Eerste Inzet te maken en nog zoveel mogelijk verbindende draden te spannen, waarmee ik nog druk bezig was toen, tegen zevenen, Ivy en Bill verschenen om mij mee te delen, dat Lizzy, half zat, al vijf kilometer buiten het dorp, met een snelheid van over de tachtig kilometer per uur, op die onverlichte emotiebaan aardig vlug, tegen een muur was opgevlogen en met een gebroken arm, gebarsten knieschijven en snijwonden in het Hospital Civil in Malaga was opgenomen, terwijl voor het leven van een jongeman uit het dorp, die ze om God weet wat voor reden uit de bar had meegenomen, en die een schedelbasisfraktuur, twee gebroken benen, een gebroken arm en een verschrikkelijke verwoesting van zijn gezicht had opgelopen, ernstig werd gevreesd. Van de – onverzekerde – Austin was zo goed als niets meer over, en dat was nog het enige gunstige nieuws, want nu zou een eventuele nieuwe huurder van Lizzy' uiteraard na het maken van een Voorlopig Schema en het spannen van een voldoend aantal verbindende draden, een verhaal kunnen schrijven zonder nog langer hinder van die auto te ondervinden, alles natuurlijk onder voorwaarde dat de nicht, wier gewelddadige verschijning ik meen een schoolvoorbeeld van een Zinloos Feit te mogen noemen, vertrokken zou zijn.

Intussen zal het u een genoegen doen te vernemen, dat ons nichtje, aldus 'door omstandigheden' onafgehaald gebleven, op het vliegveld, precies als de jonge Indiese Nederlander R. op het treinstation, door runners werd gegrepen en in triomf in een open rijtuig, etc., alles precies hetzelfde, behalve dat hier de klap heel wat zwaarder moet zijn aangekomen als men bedenkt, dat vliegveld en centrum van Malaga (waarheen ze werd afgevoerd) ruim zeven kilometer van elkaar verwijderd liggen. Ze had naderhand van alles te klagen, maar ik vind dat ze er nog goed is afgekomen, want iemand die, met een Zinloos Feit van zulk een destruktief karakter, meent een verhaal, waarvan het Voorlopig Schema al bijna klaar is en de meeste verbindende draden al zijn gespannen, te mogen verkankeren, zou op zijn minst verdienen geheel uitgeschud en zowel door runner als koetsier verkracht te worden. Later heb ik zelf met die gedachte gespeeld, ik bedoel de geslachtsdaad, want ze had iets zo stompzinnigs en onpersoonlijks, en lachte zo dom om bijna alles wat ik zei, dat ze, begiftigd met een goed figuur, bij mij een door haat gevoede, branderige geilheid teweeg bracht, zodat ik overwoog haar uit verveling het hof te gaan maken en te proberen in bed te krijgen. Met het oog op Lizzy echter, die dan stellig ook een beurt zou willen hebben en met wie ik slechts tegen betaling van heel veel geld, en dan vermoedelijk nog met grote moeite, gemeenschap zou kunnen hebben, zag ik er maar van af en meende ik aan mijn plichten te hebben voldaan door twee of drie maal wat nachtelijke soloseks aan haar, de nicht dus, te wijden, waarbij ik mij voorstelde dat ik haar verkrachtte, maar tevens dat ik haar, als straf voor het Zinloos Feit, doch ook normaal, uit genot dus, eerst duchtig aftuigde. (Ze klaagde de volgende morgen over pijn in haar rug en onderlichaam, wat weer

185

bewijst, dat er in de dingen meer systeem zit dan men ge-woonlijk denkt.) Maar wel kan men uit al het hierboven verhaalde de konklusie trekken, dat het de mens soms le-lijk kan tegenlopen. En als we maar konden inzien, dat er niks niemendal aan te doen is, dan zouden we ons in elk geval een hoop extra ellende kunnen besparen. Zo wilde ik over twee poesjes schrijven, zeven, hooguit acht weken oud, die hier aan de haven woonden, broertje en zusje, zich bij de nadering van mensen tussen de rotsen verber-gend maar soms, in elkaars armpjes, op een voor mensen wel zichtbare maar onbereikbare plek, slapend in de zon; levend van de vangst van krabben, garnalen en kakkerlak-ken, maar een van beide is gisteren door een auto doodge-reden, ik kan wel huilen. 'Aan de kust woonden twee poes-jes, broertje en zusje.' Zo begin je, maar het pakt anders uit. Mij zou het niet eens verbazen, als het een Finse auto is geweest, want ik geloof, dat alles met elkaar te maken heeft, al blijft ons bestaan voor onszelf een duister myste-rie.

Over een paar uur is de maand juli voorbij, en is het vermoedelijk voorlopig met het 'hard en goed werken' ge-daan, temeer daar augustus een 'tamelijk konfliktvolle af-rekening' te zien zal geven; daarna wordt alles goed, zodat in september, als de transiterende Uranus eerst een sex-tiel maakt met mijn Mars en vervolgens een driehoek met Mercurius, mijn 'intelligentsie briljant', mijn 'originaliteit verbluffend' en mijn 'energie tomeloos' zullen zijn. Voor ik het vergeet: die haan, aan de overkant, die is opgevreten, Godlof, want ik hoor hem niet meer.

Hoeveel van onze verlangens blijven er niet onvervuld! Ook mijn langgekoesterde droom om elke dag precies het-zelfde te kunnen eten, waarvan ik gehoopt had dat er in Spanje iets van zou kunnen komen, is niet in vervulling gegaan, omdat er hier wel grote verscheidenheid is, maar de ene soort fruit gaat, en de andere soort komt, net zo goed als in Nederland de bodem, met de wisseling der seizoenen, ook wisselende gewassen voortbrengt: het kan niet, ik moet me er bij neerleggen, en misschien heb ik, onbewust als het ware, al die tijd naar de Boom des Levens gezocht, die immers twaalf maal 's jaars vrucht draagt, 'elke maand gevende zijn vruchten', en wiens bladeren zijn 'tot Genezing der Volken'.

Een week of drie geleden heb ik aan het strand twee lege dry gin flessen in zee geworpen, in de ene een Franse, in de andere een Engelse tekst, waarin ik, met omschrijving van mijn voorkeuren en kwaliteiten, een Nieuwe Vriend heb aangevraagd, bij een stevige noordelijke bries, zodat ze zeker de orekruiperbek van de baai zijn uitgevaren. Maar geen van beide is gevonden door een Jongen aan het strand, 17 of 18, slank maar toch breedgeschouderd, heel donkerblond en met een tegelijkertijd brutaal en weemoedig gezicht, een khaki overhemd en een schitterend passende, witte broek, iets versleten maar toch nog netjes, die de brief gelezen heeft, herlezen, op zijn kruin gelegd om hem op de oprechtheid van de inhoud te testen (op zijn 'test'), hem uit het hoofd geleerd en daarna opgegeten heeft, om vervolgens de eerste reisgelegenheid naar Algeciras te nemen en in de lounge op mij te wachten, want ik kom terug van het strand en de portier zegt: 'Er is een jongeman voor u, familie van u, zegt hij.' Hij wil nooit meer van me weg, en elk jaar laat ik een nieuw matrozenpak voor hem maken, wit met natuurlijk ook hier en daar blauw, in elk geval op de kraag, en als ik naast hem wakker word, bijvoorbeeld op zondagmorgen, begin ik gewoon te huilen van geluk. Ik houd van een man, die als een stuk proza op me afkomt.

Soms mis ik Justine erg. Vroeger gingen we samen boodschapjes doen, zij aan een blauw lederen lijn; overal kreeg ze een vriendelijk woord of iets lekkers, en soms ook speelgoed dat van een gestorven kindje was geweest. Veel troost is er niet.

O, lieve, lieve mensen, ik houd van u, en ik omhels u allen hartstochtelijk, ondanks de geduchte afstand. Laten we elkaar niet haten, maar, integendeel, elkaar liefhebben, gezamenlijk op de Dood wachten, en het ons in de tussentijd aan niets laten ontbreken.

Wanneer ik van hier vertrek, en waarheen ik dan gaan zal – alleen God weet het. Hem wil ik gehoorzamen, en tot glorie van Zijn Eeuwige Naam zal ik het vaandel wederom opheffen en voortdragen, waarop geschreven staat: Op Weg Naar Het Einde.

Inhoud